Charlie Wat

ON S'EST AIMÉS COMME ON SE QUITTE

Roman

CHARLESTON
POCHE

« Roméo, Juliette et tous les autres
Au fond de vos bouquins dormez en paix
Une simple histoire comme la nôtre
Est de celles qu'on n'écrira jamais »

Extrait de *Salut les amoureux*,
Interprète : Joe Dassin ;
Auteurs : Steeve Goodman/Richelle Dassin

Pour Loulou et Bébé, mes parents.

1.

Denis était occupé à sortir ses affaires du carton lorsque Richard, son supérieur, entra sans frapper.

— Tout se passe comme tu veux ?

Pour toute réponse, Denis éternua sous l'assaut de la poussière volant dans le bureau qu'on venait de lui assigner. Un placard, au propre comme au figuré. Une poubelle en plastique rafistolée avec du Scotch ; une pendule qui ne marquait plus l'heure depuis belle lurette ; un fauteuil grinçant dont les armatures, piquetées de rouille, donnaient l'impression d'avoir effectué un très long séjour au fond d'un océan ; une moquette élimée, tachée par endroits ; un ordinateur plus épais qu'un immeuble, équipé d'un lecteur disquette obstrué d'un Post-it vert sur lequel on avait écrit : « *Out of order* », parce que c'est toujours plus clair en anglais ; une plante grasse déshydratée, ni tout à fait vivante ni tout à fait morte. Vue directe sur le parking et les conteneurs bourrés de détritus en tout genre.

— C'est encore un peu dans son jus, mais je suis certain que tu te plairas beaucoup ici ! Il faut bien sûr que tu y mettes ta petite touche personnelle, poursuivit Richard en caressant d'une main son bouc poivre et sel taillé au cordeau et, de l'autre, le cadran de son énorme montre. Et puis, c'est provisoire, tu sais bien, juste le temps des travaux. Allez, je ne t'embête pas plus longtemps. Si tu as besoin de quoi que ce soit, tu n'as qu'à m'appeler.

Le regard de Denis obliqua avec perplexité vers l'antique téléphone dont le cordon, entortillé autour du combiné, évoquait une guirlande de fusilli trop cuits. Il s'étonna en silence que l'objet archaïque puisse même être raccordé au réseau.

— Oui, d'accord, murmura-t-il avant d'éternuer de nouveau.

La porte claqua derrière Richard et son costume cintré, au moment où Denis se laissait choir sur le fauteuil où s'étaient imprimées des centaines de marques de fesses.

On était loin de l'espace magnifique donnant sur le parc arboré qu'il avait occupé ces quinze dernières années. Loin des meubles design blancs et du parquet massif en bois clair. Loin de l'écran géant. Loin de la cafetière Nespresso et de ses expressos Ristretto, Gran Lungo, Hazelino et Decaffeinato.

Denis se remit à étaler sur le bureau les quelques effets personnels qu'il avait emportés. Des dossiers presque vides puisqu'on ne lui confiait plus grand-chose, une photographie où Sandrine et Ludo riaient aux éclats, une bouteille d'eau, une coupe dorée « Créatif de l'année », remportée plus de quinze ans auparavant, reliquat d'une carrière alors à son apogée, et l'écriteau, accroché à la porte de son ancien bureau et que Richard avait décollé :

« Denis Marhant
Direction artistique »

Denis avait eu 45 ans. Dépassé, fané, has been. Le message était on ne peut plus clair. Place aux jeunes. Ce placard, c'était un peu son sursis. Une mise au rebut, l'air de rien, sous prétexte de travaux de rénovation.

Il pressa le bouton *ON* de l'ordinateur. Rien ne se passa. Il se leva alors en soupirant pour arroser le pauvre yucca assoiffé avec le reste de sa bouteille.

Une sonnerie retentit soudain. Denis s'empressa de décrocher. Son « Allô » se perdit dans un atchoum vigoureux.

À l'autre bout de la ligne, une respiration impatiente, une toux. La voix de Richard, enfin.

— À tes souhaits ! Bon, j'espère que t'as rien de prévu dans les jours qui viennent. Je viens d'avoir le nouveau boss des purées Patacru. C'est le fils qui a repris l'affaire, il est encore plus con que son père. Enfin bref, c'est pas la question. Ils veulent qu'on soit sur le coup de leur prochaine campagne. Plus précisément, ils veulent que ce soit toi qui sois sur le coup, vu que c'est toi qui t'étais occupé de leur campagne il y a vingt ans. Le père était tellement enchanté de votre « collaboration » qu'il refuse catégoriquement que son fils travaille avec quelqu'un d'autre. La présentation, c'est dans trois jours, pas un de plus, et c'est toi qui es à la manœuvre. Je te préviens, ça va pas être de la tarte, c'est un gros contrat, on n'a pas le droit à l'erreur. Il faut que tu frappes un grand coup.

— Euh… oui…, lâcha Denis en se redressant.

— On est bien d'accord que tu es sûr de pouvoir le faire ?

— Je peux le faire.

— Toute la boîte compte sur toi.

— Richard, c'est mon boulot, je peux le faire, répéta Denis en s'essuyant le nez.

— J'ai pas besoin de te préciser que c'est ta chance, Denis. Si tu rates ça, je pourrai plus rien faire pour t'éviter de pointer chez Pôle emploi. Tu sais que je suis de ton côté sur ce coup-là.

Denis s'apprêtait à répondre quand un cliquetis l'en dissuada : Richard avait déjà raccroché. Normal, Richard était un homme pressé. Il rassembla ses paumes et se frotta les lèvres de ses deux index joints, les yeux dans le vague. Les affaires reprenaient.

Denis Marhant, directeur artistique, n'était pas encore mort. Il allait leur montrer qu'il connaissait son métier et qu'il en avait encore sous le pied, n'en déplaise aux actionnaires qui n'avaient d'yeux que pour ces jeunes créateurs à peine sortis de la puberté. Lui n'avait pas besoin d'un bureau d'inspiration scandinave hors de prix pour faire le job. C'était une affaire entre lui et les purées Patacru.

Bien sûr qu'il en était capable.

Ce contrat, il l'obtiendrait.

Il avait trois jours. C'était plus qu'il n'en fallait.

2.

« Mesdames et messieurs, bonsoir. À la une aujourd'hui, l'immense grève générale qui paralyse notre pays depuis vingt-quatre heures. Plus de train, plus d'avion, opération escargot sur les autoroutes. C'est toute l'économie qui pourrait être mise à mal. Le gouvernement a tenu une réunion de crise cet après-midi… »

— Ludo, je t'ai déjà dit d'éviter de regarder deux écrans en même temps, lâcha Denis en jetant les clés sur la desserte.

Ludovic n'avait pas entendu. Il continuait à dodeliner de la tête en marmonnant un flot de paroles incompréhensibles d'où sourdait de temps en temps un juron. Denis se pencha sur son fils et souleva l'une des énormes oreillettes qui lui tenaient lieu de casque audio. Le son émanant du jeu vidéo en ligne chuinta dans tout le salon.

— Salut, mon grand !

— Putain, Papa, tu m'as fait perdre !

— Moi aussi, je suis content de te voir. T'as passé une bonne journée ?

Il appuya sur la télécommande de la télévision pour mettre fin aux images de grévistes et aux commentaires alarmistes du présentateur du journal télévisé, puis déposa un baiser sur les cheveux de son fils. De son côté, le jeune garçon réajusta son casque en maugréant un « Désolé, c'est mon vieux, allez, on reprend » à un obscur interlocuteur avant de s'attaquer à l'armée de zombies qui n'en finissaient plus d'envahir l'écran de son Smartphone.

Denis pénétra dans la cuisine. Là, il leva les yeux au ciel devant la vaisselle que Ludo et ses copains n'avaient pas jugé utile de nettoyer. Il se résigna à ranger quelques ustensiles dans les tiroirs. Il disposa ensuite deux assiettes et deux verres sur la table et flanqua les plats chinois qu'il venait d'acheter dans le micro-ondes. Des effluves aigres-doux de porc au caramel et de nouilles sautées embaumèrent la cuisine.

Le minois de l'adolescent revêche et mal embouché apparut dans l'encadrement de la porte.

— Encore chinois ?

Denis opina.

— Comme d'hab, quoi.

— J'ai pris des raviolis aussi. Il venait tout juste de les préparer.

— Laisse tomber, j'ai pas faim.

Sans transition, le collégien attrapa un paquet de céréales et fouilla dans le placard où étaient rangés les tasses et les mugs. Une pluie de flocons de blé au caramel et au chocolat tomba dans le bol, et à côté. Le sachet était presque vide. Ludovic ouvrit la bouche et déversa les dernières miettes directement au fond de son gosier, avant de se servir un grand verre de soda. Après quoi, il referma le réfrigérateur avec son pied, tout comme il referma la porte de sa chambre, à l'instant même où le micro-ondes tintinnabula la fin du réchauffage.

Ludo avait toujours aimé les raviolis chinois. Pas les raviolis vapeur, non, les pékinois, ceux qui étaient frits. Denis avait voulu faire plaisir à son fils et il avait profité de ce que la boutique soit déserte pour prendre le temps de les choisir avec le plus grand soin. Mais force était de constater que c'était raté. Encore.

Il s'attabla seul. Si son fils avait été devant lui, il lui aurait demandé comment les cours se passaient, qui étaient ses potes, s'il pouvait lui apprendre à terrasser des zombies en ligne, s'il avait une petite amie. Un petit ami, peut-être.

De la musique vint percuter ses pensées. Un genre de hip-hop dont les basses semblaient n'avoir été conçues que pour rendre sourds ceux qui avaient encore la chance de les entendre. Une arme de destruction massive que cette musique-là.

Denis délaissa ses nouilles et se rendit au pas de course dans la chambre de son fils, dont la porte vibrait si fort qu'elle risquait de sortir de ses gonds d'une seconde à l'autre.

Il frappa. Pas de réponse.

— Tu peux baisser ?

Rien, à part les paroles inintelligibles et *gangsta* d'un homme manifestement en proie à un violent chat dans la gorge.

Denis insista. Sans résultat. Agacé, il tenta d'ouvrir la porte. Fermée, évidemment. Après que les vociférations de Denis se furent mêlées à celles du type enroué pendant de longues secondes, Ludo consentit enfin à se montrer.

— Quoi ???

— Tu peux pas mettre ton casque, non ?

— Je l'ai pas.

— Tu l'as laissé dans le salon, va le chercher.

Ludo s'exécuta en soufflant d'exaspération. Un souffle ostensible, avec yeux levés au ciel, joues gonflées et toute la panoplie.

Le calme revenu, Denis débarrassa et plaça les restes du repas chinois au réfrigérateur. Il ouvrit ensuite son ordinateur portable et reprit ses réflexions là où il les avait laissées.

Patacru, trop bon avec de la morue !

Il serait incongru de se priver de Patacru !

Patacru, turlututu.

Il avait trois jours. Trois jours, c'était largement suffisant. Ce boulot, c'était tout ce qui lui restait, la seule chose à peu près solide dans le foutoir qu'était devenue son existence depuis le départ de sa femme.

Sandrine. Non, ne pas y penser, ce n'était pas le moment de se laisser polluer par des regrets ou des remords. Sandrine, leur divorce, sa solitude, et Ludo, qu'il ne parvenait plus à rencontrer vraiment.

Bon, alors… Où j'en étais ? Ah oui…

Patacru, la purée des nouvelles recrues.

Préparez Patacru pour rendre jalouse votre bru. Ou, son pendant, Patacru, rendons le pouvoir aux brus !

Patacru, c'est patacroyable !

Trois jours. Et pas le début d'une bonne idée.

De nouveau, les basses firent trembler les meubles et les bibelots, tout comme la voix rauque et sinistre du chanteur. Impossible de se concentrer avec ce vacarme.

Les tuyaux du chauffage résonnèrent. C'était la voisine du dessous qui, exaspérée du raffut et sans doute effrayée par les aboiements lugubres provenant des enceintes, s'échinait contre la tuyauterie, tout en beuglant depuis sa fenêtre : « C'est pas bientôt fini ce bordel ? »

Son chien, un petit yorkshire qu'elle prénommait Aglaé, hurlait à la mort.

Denis referma le capot de son ordinateur en pestant, ouvrit la fenêtre et se pencha vers l'étage du dessous. La tête de la vieille dame, rouge de colère, s'encastrait dans l'embrasure, à moitié dissimulée derrière les bégonias de ses jardinières.

— Pardon, madame Larousselle, nous allons éteindre.

— Ça vaudrait mieux ; autrement, j'en parle au syndic dès demain. C'est pas la première fois, hein.

— Oui, pardon, je vous promets que ça ne se reproduira plus.

— C'est pas le tout de faire des marmots, tout le monde peut le faire ! Ça se tient les gosses !

Comme pour montrer son approbation, Aglaé ponctua les hurlements de sa maîtresse d'aboiements suraigus et de grognements bizarres.

Denis referma la fenêtre, bien décidé à remonter les bretelles de son fils, quand la sonnette de l'entrée grésilla. Il sursauta, en proie à une intuition désagréable.

3.

Denis coula un œil dans le judas. Son père, François, se tenait sur le seuil, un sac de voyage dans les bras.

Manquait plus que lui.

L'œil rivé à la lentille, Denis hésitait. Après tout, rien ne l'obligeait à ouvrir. Il n'était pas là, désolé, ça arrive parfois ; il avait une vie trépidante, un boulot, des potes, des horaires, des réunions, et là, justement, ce n'était pas de chance, mais il n'était pas là.

Alors que Denis tergiversait, la figure de François se rapprocha de l'œilleton de l'autre côté de la porte. Son œil cligna tout près. Sa bouche, collée à l'ouverture, se contorsionna soudain dans un sourire plein de dents. Denis eut un mouvement de recul. Instinctif.

— Je sais que t'es là, mon grand, je te vois, ouvre à Papa.

Denis s'exécuta en grimaçant. Il décrocha la chaîne de sécurité et entrebâilla la porte. Ni une ni deux, son père s'engouffra à l'intérieur, une forte odeur de tabac froid dans son sillage, et flanqua son sac dans les mains de son fils.

— Didons, c'est la fiesta ici ! s'exclama-t-il en s'autorisant un pas de danse en direction du salon au son du *beat* effréné qui provenait de la chambre de Ludo. Par contre, toi, t'as toujours pas bonne mine.

— François, qu'est-ce…

— Ça fait combien de temps qu'on s'est pas vus ? Trois semaines ? un mois ? s'enquit l'homme, débonnaire.

— Huit mois.

François fronça le nez.

— Ah ? Tant que ça ? T'es sûr ?

— Je peux savoir ce que tu viens faire là, à cette heure-ci ? questionna Denis en posant le sac tout près de la porte.

François fit la moue et décocha une œillade vers une montre invisible dont ne subsistait plus qu'une ancienne trace de bronzage sur son poignet.

— Oh, ça va, t'as pas l'âge de te coucher comme les poules !

— Je sais que ça te dépasse, mais je travaille demain.

— Ah ah, t'es toujours aussi coincé ma parole.

— Je ne suis pas coinc…

— Et mon petit-fils préféré, il est où ? dans sa chambre ?

Sans attendre la réponse, François trottina jusqu'à la porte sur laquelle pendait un sens interdit.

— Ludooooo, c'est ton papi préféré ! héla-t-il.

Ludovic daigna apparaître. Ravi de voir son grand-père, l'adolescent l'embrassa sur les deux joues, tandis que l'abominable musique emplit à nouveau tout l'appartement, poursuivant son œuvre de destruction massive des tympans. Mme Larousselle reprit évidemment son concert de tuyaux.

— On va finir par avoir des problèmes avec la voisine, s'énerva Denis, tu vas me baisser ce fichu rap tout de suite !

— C'est pas du rap ! Et mon casque n'a plus de batterie ! plaida Ludo.

— Je m'en fiche, tu baisses, un point c'est tout ! Et t'en es où de tes devoirs ?

— Wow wow, intervint François, tu devrais éviter de t'énerver comme ça. À ton âge, on n'est plus à l'abri d'une crise cardiaque.

— Ne t'en mêle pas, François !

Sonnerie à la porte. Trois coups longs et stridents. Mme Larousselle, ses rouleaux sur la tête et son affreux chien dans les bras, rongeait son frein sur le seuil. Denis songea rapidement que la mère Larousselle était quand même sacrément rapide, vu qu'on entendait encore les *ding ding* dans les tuyaux. À moins qu'elle n'ait inventé un appareil capable de taper sans elle. Forcément. Ce qui permettrait d'expliquer qu'elle puisse s'égosiller à la fenêtre sans cesser de balancer des coups dans le chauffage en fonte. Ingénieuse, cette bonne femme.

Mme Larousselle arborait la même mine acerbe que son yorkshire. La même coiffure aussi. Prudent, Ludo se dissimula derrière la porte, pendant que François, se parant de son plus beau sourire, la gratifia d'un « Madaâame » obséquieux. À côté, Denis, lui, se ratatinait. La voisine grogna :

— Je vous avais prévenu, vous faites partie de ces gens à qui on peut visiblement pas faire confiance !

Les gosses, c'est pas le tout de les fabriquer. Et cette musique de zouave, à cette heure-ci, Aglaé est fragile, oui oui, absolument, on n'est pas en boîte de nuit, hein. J'aime autant vous dire que je vais pas me laisser enquiquiner la pelure comme ça, ah ça non alors. Je suis pas arrivée à mon âge pour me faire emmerder.

La pauvre Aglaé était secouée comme un prunier, au gré des mouvements d'humeur de sa maîtresse. Ainsi ballottée, sa petite langue rose se balançant dans tous les sens, elle inspirait presque de la pitié.

— Chère madame, commença François sur un ton apaisant en poussant doucement Denis sur le côté, je suis absolument navré de ce désagrément. Voyez-vous, j'ai bien peur que mon fils ici présent soit un peu dépassé par tout ça... Vous savez comment c'est... un homme sans femme, c'est un marin sans phare...

Denis n'en croyait pas ses oreilles. S'il avait été en train de boire, il aurait avalé de travers. Mais, pour le moment, il se contentait de marquer son incrédulité en écarquillant les yeux et en gonflant les joues. François, lui, poursuivait :

— ... Il a surtout besoin d'indulgence et de bienveillance pour reprendre sa vie en main. Pour Ludovic aussi, grandir sans une maman pour lui tenir la main, c'est un peu n'avoir qu'une seule jambe pour tenir debout; on claudique, on tombe souvent, mais le courage, chère madame, est de grandir malgré tout.

La mère Larousselle acquiesça, les yeux embués.

— C'est vrai, pauvre enfant, ce ne doit pas être facile...

— Ah ça non, madame, je puis vous l'assurer, ça ne l'est pas. Mais nous sommes une famille, unie comme les cinq doigts que vous voyez là. Nous nous serrons les coudes pour que les vicissitudes des adultes ne viennent pas abîmer les fondations de notre adolescent chéri.

Tandis qu'elle approuvait et marmonnait que oui, bien sûr, évidemment, naturellement, un enfant sans maman, si c'était pas malheureux, François changea de tactique et se tourna vers son petit-fils.

— Ludo, mon ange, veux-tu bien éteindre cette musique ? Madame… madame ?

— Larousselle… Enfin, Jeannette, ajouta-t-elle en rougissant.

— Jeannette aimerait pouvoir se reposer.

Ludo obéit, sous le regard ahuri de Denis. Alors que le silence revenait se poser comme un couvercle sur le hall d'entrée, François leva les mains et secoua la tête à la manière d'un pape, comme pour bénir la fin de cette altercation.

— Voilà, grâce à vous, nous sommes parvenus à lui faire entendre raison. Ce n'est pas un mauvais bougre, il deviendra quelqu'un de bien.

— J'en suis certaine…

— Je vous prie d'accepter mes plus plates excuses pour le dérangement.

— Oh non non, pensez, c'est rien du tout.

— Pour me faire pardonner, puis-je vous proposer de vous rapporter des croissants demain matin ?

— Oh là là, mais oui, mais je…

— Alors c'est dit, chère madame, ou plutôt Jeannette, répliqua François en lui décochant un clin d'œil enjôleur. À demain, faites de doux rêves.

Quand il referma la porte, il rencontra le museau furibond de Denis.

— Bien sûr, tu ne peux pas t'empêcher de faire du gringue à la voisine ?

François afficha une expression d'innocence indignée.

— Didons, j'ai réussi à te tirer d'un mauvais pas, tu vas pas te plaindre en plus ? J'te rappelle qu'elle menaçait d'appeler les flics.

— Oui, bon… Tu ne m'as pas répondu tout à l'heure, qu'est-ce que tu fiches là ?

— Je suis venu dire bonjour. C'est pas interdit de rendre visite à son fils préféré, si ?

— Même si tu as eu souvent tendance à l'oublier ces trente-cinq dernières années, je suis ton seul fils.

— Raison de plus pour que tu sois le préféré.

Denis désigna le sac noir avachi dans le couloir.

— Et ça ? c'est pour quoi ?

— Ah ça ? Ce sont… mes affaires.

— Tes affaires ? s'étrangla Denis. Mais pour quoi faire ?

— Écoute, Dédé…

— Ne m'appelle pas comme ça.

— Bon, écoute, fiston, reprit François en lissant l'un de ses sourcils, je suis un peu dans la merde là…

Denis n'aimait pas ça, il se méfiait. Son père était du genre à toujours se mettre dans des situations impossibles. Un gamin attardé, au sens des responsabilités inexistant.

— Me regarde pas comme ça, plaida le père. C'est Évelyne, elle m'a fichu dehors.

— Évelyne ?

— Ma copine. Trop soupe au lait, je la sentais pas trop, j'aurais dû me méfier.

— C'était pas Louise ?

— Louise, c'était avant. Enfin, bref, j'ai besoin de ton canapé, disons, quoi, un jour ou deux. Une petite semaine à la limite, tu vois, le temps que je me refasse. J'aurais bien une copine du côté de Metz qui serait prête à me dépanner, mais là, avec cette foutue grève, y a pas moyen de bouger.

— Y a des hôtels très bien dans Paris, riposta Denis.

— Sauf que j'ai pas un radis. Qu'est-ce que tu veux, ça m'apprendra à être trop altruiste.

— Ou trop panier percé.

— Les femmes, j'ai jamais su faire autrement que les gâter, que veux-tu… Dis, tu vas tout de même pas laisser ton vieux père à la rue ? Je t'ai fabriqué un cœur, là-dedans, pas vrai ?

— Écoute, François, j'ai trois jours pour préparer un dossier super important. Alors, s'il te plaît, au moins pendant trois jours, tu te tiens à carreau.

François jura, la main sur le cœur, avec l'air angélique d'un chaton tombé du ciel.

— Enfin, fiston, voyons, pour qui me prends-tu ?

Pour un homme incapable de rester tranquille plus de cinq minutes, un homme abonné aux catastrophes et qui a un talent inné pour les plans foireux.

Enfin, fiston, voyons, pour qui me prends-tu ?

Denis gardait un souvenir cuisant de la dernière apparition de son père. Une journée à la maison lui avait suffi pour causer deux départs d'incendie, une gigantesque inondation, une fête qui avait réuni tout le quartier et s'était terminée au commissariat, le décès de sa voiture, et le retrait de permis en prime. De son permis.

Ludo, lui, ça l'avait fait rire. Pas Denis. François était un nid à embrouilles, l'incarnation vivante à lui tout seul de la loi de l'emmerdement maximum. Si encore François avait été un bon père. Mais même pas. François, c'était l'éternel absent. Celui qui n'apparaissait que pour créer des cataclysmes.

Enfin, fiston, voyons, pour qui me prends-tu ?

— Ça va être super ! s'écria Ludo en entraînant son grand-père dans l'appartement.

Denis leva les yeux au plafond. Il croisa discrètement les doigts derrière son dos, priant toutes les instances en présence de lui accorder ces trois petits jours dont il avait tant besoin.

4.

Assis dans le salon, François s'amusait à appuyer avec frénésie sur un stylo rétractable. Quant à Denis, penché sur l'écran désespérément blanc de l'ordinateur qu'il avait posé sur la table de la cuisine, il s'escrimait à chercher la formule qui rendrait à la marque Patacru toute sa superbe. Horripilé par le cliquetis incessant, il finit par grincer :

— Tu peux arrêter s'il te plaît ?

— Oh, pardon, fiston.

François alluma alors la télévision. Un vacarme de détonations et de cris hystériques envahit le salon.

— François ! Tu peux baisser !

De nouveau, le vieil homme prononça quelques mots d'excuse, avant de zapper. Le film d'action laissa place à un reportage animalier sur le brame du cerf.

— Y a pas à dire, c'est des sacrés bestiaux, commenta François.

— Bon, ça suffit ! Je vais travailler dehors ! décréta Denis qui, excédé, claqua la porte pour s'installer dans les escaliers du hall d'entrée de l'immeuble, à l'étage inférieur.

Là, seul avec son ordinateur, il pouvait enfin se concentrer à loisir sur l'identité 2.0 de Patacru. Les mots que Richard avait prononcés un peu plus tôt tournaient en boucle. Denis n'avait pas le choix : pour réussir, il devait réfléchir comme le feraient les jeunes premiers qui lorgnaient sa place.

Tant que t'as pas mangé de Patacru, t'as jamais rien vu.

Mieux vaut de la Patacru que des patates crues.

Quand t'en peux plus des pâtes et du riz, ouvre un sachet de Patacru et tu seras ravi !

Il écrivait, effaçait, écrivait encore, supprimait les mots aussitôt. Les slogans qui sortaient de son esprit épuisé étaient trop fades, pas assez percutants, déjà vus mille fois, ridicules. L'inspiration lui manquait cruellement. Dire qu'il avait été l'un des meilleurs de sa génération, il avait même été élu « Créatif de l'année 2005 ». Aujourd'hui, la seule preuve des espoirs que la profession avait placés en lui se réduisait à un vieux trophée rouillé qui prenait la poussière au fond d'un carton.

Mme Larousselle sortit à ce moment-là. Au bout de sa laisse, le petit chien se mit à japper avec hargne autour de Denis. Celui-ci glissa alors sur le côté pour laisser passer la vieille femme et son cabot en baissant la tête. Il s'attendait à recevoir une volée de bois vert pour squattage d'escaliers. Il n'en fut rien : la voisine se faufila dans le petit espace entre lui et la rampe, et gloussa, les tempes coquelicot :

— Vous saluerez votre papa pour moi…

Quelques minutes plus tard, ce fut François qui apparut. C'était insupportable. Même dans ce fichu couloir, il ne pouvait pas être tranquille plus de deux minutes. Où devait-il aller pour qu'on lui octroie seulement un peu d'espace ? En Patagonie ?

— Qu'est-ce que tu veux encore ?

François lui tendit une lettre.

— J'ai trouvé ça sous ton paillasson en sonnant chez toi hier matin.

— Hier matin ??? aboya Denis avant de s'apaiser derechef tant il lui parut soudain vain de s'énerver : les voies de François étaient impénétrables.

Il saisit la lettre sans précaution en fusillant son père du regard et se mit à lire. Peu à peu, ses traits se tordirent de colère : joues gonflées, respiration saccadée, il referma le capot de son ordinateur pour la énième fois depuis le début de la soirée et, sans rien expliquer, il monta les marches quatre à quatre, pénétra dans l'appartement et se dirigea d'un pas furibond vers la chambre de Ludo.

Surpris, ce dernier s'empressa de jeter sa cigarette par la fenêtre et entreprit de bouger les mains à toute vitesse pour juguler les odeurs de tabac. En vain.

— Non mais je rêve ! Tu fumes, en plus ??? s'égosilla Denis devant le mégot qui planait quelques mètres plus bas en rougeoyant.

L'adolescent déglutit, le regard rivé sur ses baskets.

— Et ça ? poursuivit Denis en lui flanquant sous le nez la lettre signée du principal du collège. Tu m'expliques ???

L'adolescent affrontait maintenant son père des yeux, sans piper mot.

— Mais enfin, huit absences ce mois-ci, qu'est-ce que ça signifie ? Depuis quand tu sèches ? Et qu'est-ce que tu fais de tes journées ? Est-ce que tu te rends compte ?

— Rien. Trois mois. Je glande. Oui.

— Non, mais qu'est-ce que tu racontes ? vociféra Denis.

Ludovic haussa les épaules.

— Bah, je réponds à tes questions. Qu'est-ce que ça signifie ? Rien. Depuis quand je sèche ? J'ai commencé il y a trois mois. Qu'est-ce que je fais de mes journées ? Rien de spécial. Est-ce que je me rends compte ? Ouais. Mais je m'en fous.

La gifle fendit l'air pour atterrir sur la joue du jeune garçon dans un bruit sourd. Des larmes de vexation gonflèrent les paupières de l'adolescent. Tenant son visage échauffé, il se mit à hurler :

— Vivement que je me tire d'ici ! Tu veux jamais rien comprendre ! Pas étonnant que Maman ait trouvé mieux que toi et qu'elle se remarie !

Ludo s'arrêta net, effaré par les paroles qui venaient de lui échapper. Mais c'était trop tard, le mal était fait.

— Comment ça ? bredouilla Denis en tombant assis sur le lit de son fils. Ta mère prévoit de se remarier ?

Sans lâcher sa joue endolorie, Ludo opina en silence.

— Bientôt ?

— Dans trois jours. En Corse.

Le choc était rude. Denis regarda tour à tour le plancher, le tapis, les draps délavés à l'effigie de

Batman bien trop enfantins pour son grand fils, la lune qui brillait dans le ciel étoilé à travers la fenêtre, la photographie punaisée sur un tableau en liège qui les représentait, Ludo, Sandrine et lui, au temps du bonheur. La même que celle qui trônait dans le clair-obscur de l'espèce de placard à balais que les actionnaires de son entreprise lui avaient concédé.

— Tu le sais depuis quand ? prononça-t-il au bout de quelques secondes.

Minable, Ludo gratta le coin du tapis du bout de sa Converse en regardant ailleurs.

— Six mois, à peu près.

Les yeux dans le vague, Denis répéta « six mois » à voix basse, comme si cette révélation peinait à se frayer un chemin dans l'enchevêtrement de ses pensées.

— Tu le savais, toi, que Sandrine se remariait ? demanda-t-il à François dont la silhouette se dessinait à présent dans l'encadrement de la porte.

— Un peu, avoua ce dernier, penaud.

Denis se redressa d'un bond.

— Donc si je comprends bien, il n'y a que moi qui n'étais pas au courant ?!

Il leva les mains au ciel en signe d'impuissance, avant de jeter :

— Sympa, merci, je… Vous savez quoi ? Je crois que… que j'ai besoin de prendre l'air. Voilà, je vais aller prendre l'air.

Là-dessus, il sortit sous les regards consternés de son fils et de son père, croisa dans le hall le york et la mère Larousselle qui revenaient, ne répondit rien à la demande de cette dernière de saluer son père et, enfin, gagna la rue.

La fraîcheur de l'air cingla son visage et s'engouffra par le col de sa chemise. Denis frissonna en fermant les boutons de sa veste.

Il avait su que Sandrine était la femme de sa vie dès le premier regard. Une évidence.

Malgré la séparation et le divorce, il n'avait jamais cessé de l'aimer. Il espérait secrètement qu'un jour, elle reviendrait à la maison, dans cet intérieur qu'il avait laissé tel qu'ils l'avaient aménagé ensemble, ce deux-pièces petit, mais fonctionnel, le nid qui avait vu éclore Ludo et dans lequel l'odeur de Sandrine semblait encore flotter, comme la promesse d'un retour au bercail.

Ce remariage signait la fin de ses espoirs. Elle ne reviendrait plus.

Entre son boulot où on lui montrait la sortie, son fils qu'il ne comprenait plus, et maintenant Sandrine qu'il s'apprêtait à perdre tout à fait, Denis eut l'impression poisseuse que sa vie lui filait entre les doigts.

5.

Denis déambulait dans la rue, triste et désabusé, en ruminant sur les ruines de son existence. Sa morosité en bandoulière, il traînait les pieds sur les trottoirs et laissait vagabonder ses pensées. Il se repassait le film de son histoire avec Sandrine, s'interrogeant sur ce qu'il avait loupé avec Ludo, les étapes qu'il avait oubliées, la raison qui faisait que son fils et son père ne lui faisaient pas assez confiance pour le prévenir de ce remariage, et la manière dont son entreprise l'avait mis au défi.

Dans trois jours, Sandrine se remarierait. Dans trois jours, il allait devoir montrer à Patacru qu'il était capable de faire manger de la purée industrielle à la France entière. Trois jours. Qu'est-ce qu'ils avaient tous, à la fin, avec cet ultimatum de trois jours? À croire qu'ils s'étaient passé le mot.

La morsure du froid se fit de plus en plus incisive. Frigorifié, Denis croisa les bras et se courba légèrement dans le sens du vent. Il errait sans but depuis une bonne demi-heure. Une terrible lassitude s'était répandue en lui. Il songea qu'un verre ne serait pas de refus, quelque chose de fort pour lui faire oublier ses manquements, ses échecs, le désastre, et le temps qui court et s'enfuit.

Il poursuivit sa route quelques minutes encore, avant de tomber sur un bar dont l'intérieur était escamoté par un rideau pourpre en velours. Il poussa alors la lourde porte et souleva l'énorme rideau. Touffeur, musique, et cris joyeux le cueillirent dès le seuil. C'était une soirée costumée; il aperçut, entre autres, un panda géant, un sosie moustachu de Claude François, une Cléopâtre qui dansait en crabe, un zombie, un Pierrot, un bébé poilu et ventripotent dont la couche n'était retenue que par une seule épingle minuscule. Écœuré par cette débauche de bonne humeur à mille lieues de son désarroi, Denis s'apprêtait à tourner les talons quand deux bras recouverts de satin se posèrent sur ses épaules.

— Hey, bonjour, vous.

Une femme rondelette vêtue à la mode charleston vacillait sur ses jambes en se cramponnant à la veste de Denis.

— Vous n'allez pas déjà nous quitter, beugla-t-elle pour couvrir le vacarme de la fête.

Il mentit, en essayant de se dégager avec délicatesse :

— Désolé, je me suis trompé d'adresse, on m'attend dans un autre bar.

— Qu'est-ce que vous dites? J'entends rien du tout! aboya la femme en montrant ses oreilles. Allez quoi, c'est l'anniversaire de ma sœur…

Elle désigna une jeune et jolie trentenaire, également vêtue à la charleston, occupée à se trémousser gaiement au milieu d'un cercle de gens tous plus avinés les uns que les autres. Surprenant le regard de Denis, elle postillonna :

— Elle est belle, ma sœur, hein? Prenez pas cet air outré, tout le monde le dit, qu'elle est belle…

Un voile d'amertume avait recouvert son minois maquillé avec maladresse.

— Vous avez l'air sympa et j'ai besoin de quelqu'un de sympa pour boire avec moi, restez, s'il vous plaît… ajouta-t-elle en trébuchant sur un verre qui avait roulé sous ses chaussures.

Denis la rattrapa *in extremis.* Elle le remercia d'un hochement de tête gêné. Avec des talons trop hauts qui entravaient sa démarche, une perruque qui couvrait presque entièrement son visage et un déguisement qui ne lui seyait pas vraiment, elle lui sembla aussi paumée et malheureuse que lui. Il ne put se résoudre à l'abandonner.

Juste un verre, dix minutes, pour lui faire plaisir.

Il se laissa conduire au zinc de bonne grâce en serpentant à travers la cohorte des danseurs endiablés. Parvenue au comptoir, la femme grimpa laborieusement sur un tabouret haut et commanda deux vodka-jus de pomme.

— Sa boisson préférée. Ils ne servent que ça du coup ce soir, crachota-t-elle à l'oreille de Denis. Je déteste ça, moi. Beaucoup trop sucré.

Elle alluma une cigarette et tendit le paquet à Denis. Il refusa, arguant qu'il était interdit de fumer dans un lieu public.

— Bof, elle a tout privatisé. On fait ce qu'on veut du moment que ça plaît à Mâdââââme.

Là-dessus, elle leva les bras et jeta un cri qu'elle s'efforça de rendre joyeux avant d'arborer à nouveau son sourire chiffon. Le serveur posa les verres en renversant la moitié du contenu à côté. Elle saisit le sien et le but cul sec avec une grimace de dégoût, tandis que la musique et les cris gagnaient en intensité. Denis observa les gens qui s'amusaient et se tortillaient avec entrain sur *Pandi-Panda*, en faisant la ronde autour du faux panda à la gestuelle graveleuse. Sans lien avec ce mammifère grivois, l'image de Sandrine s'invita dans l'esprit de Denis.

— Vous buvez pas ?

La question fit disparaître son ex-femme et le ramena sur terre. Il secoua la tête, il n'avait plus très soif finalement. Sans demander son reste, elle attrapa son verre et l'avala, avant de le faire claquer contre l'Inox du comptoir en tirant la langue. Elle se mit ensuite à caresser la veste de Denis.

— Je suis sûre que si c'était ma frangine, vous auriez déjà votre main sur sa cuisse, prononça-t-elle fort, tout près de ses tympans. Avouez que vous me trouvez nettement moins séduisante qu'elle.

Pris de court, Denis bégaya que non, pas du tout. Et c'était vrai. Il n'éprouvait aucune attirance pour la jeune femme d'à peine 30 ans qui évoluait en terrain conquis sur la piste et feignait maintenant de mettre des fessées à l'ursidé obscène. D'ailleurs, il n'éprouvait plus aucune attirance pour personne depuis le départ de Sandrine.

— La même chose, monsieur le serveur ! commanda-t-elle en tirant sur sa cigarette tout en dodelinant de la tête au son du refrain que tout le monde reprenait en chœur.

Pandi Panda
Petit ourson de Chine
Pandi Panda
Né dans l'Himalaya…[1]

Impassible, le serveur jeta un œil à la grande horloge au-dessus de lui, soupira et fit claquer deux nouveaux verres sur la flaque de vodka-pomme qui s'étalait déjà sur son comptoir.

— Je parierais qu'il y a une femme sous ton air de poisson mal cuit, prononça-t-elle en manquant de dégringoler de son tabouret. Tant pis pour moi, hein, je te trouvais pas mal, on aurait pu faire un bout de chemin ensemble. Attends, je crois que je me sens mal, tu veux bien m'emmener aux toilettes ?

Elle se mit debout comme elle put et harponna le bras de Denis. Comme il n'avait pas le cœur à la laisser se débrouiller seule, il la soutint jusqu'aux sanitaires d'où sortit un groupe de trois jeunes femmes. Elles s'esclaffèrent en croisant le drôle de couple.

La musique, assourdie par la cloison, se réverbérait sur le carrelage rose pastel et les lavabos fêlés. Les borborygmes de l'inconnue lui parvenaient depuis les toilettes où elle s'était enfermée.

---

1. Extrait de *Pandi-Panda* (interprète : Chantal Goya ; auteur : Roger Dumas).

— Tout va bien ? s'inquiéta-t-il, tandis que les gargouillis et les grognements, de l'autre côté, s'intensifiaient.

Elle hoqueta un « Oui oui, ça va » entre deux rots. Prenant son mal en patience, il inspira et croisa son reflet dans le miroir piqueté de noir. Force était de constater qu'il avait pris un sacré coup de vieux ces trois dernières années : cernes creusés, début de double menton, cheveux nettement plus sel que poivre. Même la cicatrice sur sa joue paraissait s'être boursouflée. Il rentra le ventre d'un air dépité.

— Dites, Machin, l'interpella l'autre depuis les toilettes.

— Oui ?

— Je pensais... si c'est une femme, votre problème, il faut lui dire que ça vous rend malade.

— C'est plus compliqué que ça, vous savez.

La porte s'ouvrit violemment et la femme apparut, branlante. D'un revers, elle essuya ses lèvres et ses yeux rougis, se dirigea vers le lavabo dont elle souleva le robinet pour s'asperger le visage. Dégoulinante, le maquillage en vrac, elle observa Denis dans le miroir et prononça, d'un air grave :

— C'est jamais plus compliqué que ça. Vous l'aimez, vous faites tout pour la récupérer, y a pas à tortiller.

Elle éructa puis, s'excusant, replongea dans le lavabo pour cette fois se rincer la bouche. Une nouvelle mélodie s'insinua dans la salle d'eau blafarde. C'était *La Chenille*.

Pose les deux pieds en canard
C'est la chenille qui se prépare
En voitur'les voyageurs
La chenill' part toujours à l'heure[1].

— J'adoooore *La Chenille*, s'exclama-t-elle, les yeux brillant derrière les traînées noirâtres de son mascara. Vous venez ?

Ni une ni deux, elle sortit des sanitaires. Denis lorgna son reflet qui le scrutait d'un air maussade avant de sortir à son tour. Il zigzagua à travers la chenille, repoussa gentiment quelques mains qui tentèrent de l'alpaguer en cours de route et fit un geste en direction de la femme qui semblait avoir déjà oublié sa présence : elle était agrippée à la taille du panda à face d'homme. La tête de peluche vide se balançait sur l'un des lustres.

Une minute plus tard, Denis était de retour sur le trottoir. La fraîcheur de la rue contrastait avec la chaleur étouffante de l'intérieur. Il grelottait.

C'est jamais plus compliqué que ça. Vous l'aimez, vous faites tout pour la récupérer.

N'importe quoi. La gifle qu'il avait assénée un peu plus tôt à Ludo cuisait encore sa paume. Une grosse boule compressa son sternum.

Son fils allait finir par s'inquiéter. Et puis demain, il travaillait. Sans compter que François avait eu le temps de causer au moins une dizaine de catastrophes depuis qu'il était parti.

Bref, il était temps de rentrer.

---

1. Extrait de *La Chenille* (interprète : La Bande à Basile, auteurs : Franck Harvel et Gérard Layani).

6.

Denis se coula près de son père avec précaution. Il détestait dormir à côté de lui, d'autant plus que François avait la mauvaise habitude de s'étaler en étoile sur le canapé convertible sans aucun scrupule.

Sandrine et lui avaient visité des tas d'appartements avant de jeter leur dévolu sur celui-ci. À l'époque, l'unique chambre ne leur avait pas paru être un obstacle. À l'arrivée de Ludo, ils avaient émigré sans hésitation sur le canapé du salon. Ils s'aimaient comme des fous, ils n'avaient pas besoin d'espace pour être heureux.

Quand Denis dépliait le canapé convertible, Sandrine ne manquait jamais de se jeter dessus en riant, comme une fillette espiègle. Puis, il était arrivé ce qui était arrivé, le temps avait passé par-dessus et le silence s'était peu à peu installé sur Denis qui dépliait inexorablement le canapé, et sur Sandrine qui ne se ruait plus sur le matelas. Jusqu'à ce qu'elle finisse par faire ses bagages. Depuis, soir après soir, Denis dépliait seul le canapé lugubre. Malgré tout, il n'avait jamais voulu déménager. Cette nuit, pourtant, avec son père qui ronflait comme un sonneur à côté de lui, il maudissait sa propension à s'attacher au matériel, aux souvenirs palpables qui vous enferment.

— Tu sais, j'voulais te dire : tout à l'heure, avec Ludo, t'as pas été terrible, dit François, dans son dos, d'une voix ensommeillée.

— Épargne-moi tes boniments, tu veux. T'es plutôt mal placé pour me donner des cours de paternité.

— Okay okay, comme tu veux, ce que j'en dis…

— Dis rien, ça vaut mieux. Bonne nuit !

— Bonne nuit, fiston !

Quinze secondes plus tard.

— Au fait, ta cuisinière, c'est vraiment de la camelote, figure-toi que le bouton m'est resté dans les mains.

— On verra demain, soupira Denis. Bonne nuit !

— Bonne nuit, fils !

Dix secondes plus tard.

— Du coup, j'me disais, comme Ludo il a pas cours demain, j'pourrais p'têt l'emmener au ciné. Enfin, si t'as un peu de pognon à me prêter.

— Comment ça, Ludo a pas cours demain ?

— Bah, à cause des vacances.

Les vacances. Son fils ne lui avait pas parlé de ça, si ?

— On en reparle demain matin.

— Tu travailles toi ?

— Oui, justement, et je voudrais bien dormir.

— Bonne nuit...

— C'est ça, bonne nuit.

Denis ferma les yeux. Dans sa tête, les voix de Ludo, de Richard, de François et de la femme du bar se mélangeaient. Ça faisait un drôle de concert. *Vivement que je puisse me tirer d'ici ! – C'est jamais plus compliqué que ça – Pôle emploi – Tu veux jamais rien comprendre ! – Ludo a pas cours demain – Vous l'aimez, vous faites tout pour la récupérer – Si tu rates ça, je pourrai plus rien faire – Pas étonnant que Maman ait trouvé mieux que toi et qu'elle se remarie !*

Après plusieurs minutes passées à se morfondre, pressentant que la nuit n'allait pas être terrible, il se releva, se rendit à pas de loup dans la cuisine, ouvrit son ordinateur, écrivit deux ou trois slogans médiocres, griffonna quelques formes géométriques sur un Post-it, huma le sachet de purée qu'il avait dans le buffet dans une tentative désespérée d'inspiration olfactive, songea à sa famille qui partait en lambeaux, sentit un creux dans sa poitrine, réprima son envie d'appeler Sandrine, but trois verres d'eau et pianota des P, des A, des T, des A, des C, des R et des U qui finirent par recouvrir tout son écran.

— Pour Sandrine, c'est peut-être pas trop tard.

Denis sursauta, ses pensées dégringolèrent dans la cuisine. François se tenait dans l'embrasure de la porte, éclairé seulement par le halo de lumière que diffusait l'écran de l'ordinateur. Avec son vieux caleçon et son marcel, il avait l'air d'un vieux beau décati.

— François, s'il te plaît, je suis vraiment pas d'humeur.

— Tu l'aimes ? Parce qu'y a rien d'autre qui compte. Si c'est le cas, il faut que tu te battes.

— Bon, écoute, ça suffit, siffla Denis en fermant son écran d'un geste brusque, plongeant la pièce dans la pénombre. Qu'est-ce que t'y connais, toi d'abord ?

Il ne vit pas son père baisser les yeux et tordre ses doigts.

— La Corse, c'est pas le Pérou, argumenta François quand il eut repris une contenance.

— Et je fais comment, moi, avec cette grève ? Y a pas un seul train, pas un seul avion, rien !

— Et puis après ? Il y a des routes que je sache, t'es pas manchot.

— La belle affaire ! Il faut vraiment que je te rappelle que grâce à tes conneries, j'ai plus de voiture ? et plus de permis non plus ! Même si je le voulais, je ne pourrais pas louer quoi que ce soit ! Je ne vais pas y aller à vélo !

François s'esquiva dans le salon. Enfin seul, Denis rouvrit son ordinateur en essayant de calmer sa respiration. Qu'est-ce qu'ils avaient tous à la fin avec leurs conseils foireux ? Va la récupérer, bats-toi, facile quand on n'est pas concerné. Et puis, qu'est-ce qu'il aurait bien pu lui dire, à Sandrine ? Ne l'épouse pas, rentre avec moi ? C'était n'importe quoi, pourquoi devrait-il accorder le moindre crédit aux délires d'une femme ivre et aux leçons d'un vieillard paumé qui n'avait jamais su rester en place ? Sans parler de Patacru qu'il devait convaincre dans trois petits jours.

François réapparut et balança sans ménagement une clé sur le clavier.

— Qu'est-ce que c'est encore ? grogna Denis. La clé de l'appartement de ta copine Louise ?

— Évelyne, qu'elle s'appelle. Et ça, c'est ta solution. Regarde au lieu de te triturer la rate.

Denis prit la clé et la fit rouler entre ses doigts dans la lumière produite par l'écran.

7.

— Non, mais on ne va pas y aller maintenant ! protesta Denis.

— Oh la barbe ! Si tu te détendais un peu, on en serait pas là.

— Toi, c'est sûr, t'es du genre très détendu.

— Tu devrais en prendre de la graine, dit François en fouillant dans le réfrigérateur.

— Tu as vu l'heure ? Et Ludo dort !

— Tu n'as qu'à le réveiller, ça va pas le tuer, ce gamin !

— Mais je travaille demain.

— Gna gna gna. Demain, tu s'ras p'têt mort.

— Tu as toujours le mot pour rire.

François saisit les restes de nouilles chinoises et se mit à mâchouiller les pâtes froides dans un bruit de succion désagréable.

— Je plaisante pas, Dédé, tu rentres dans l'âge des ulcères et des crises cardiaques.

— Arrête de m'appeler comme ça, se récria son fils en récupérant sèchement le Tupperware pour le ranger de nouveau dans le frigo. À l'époque, la santé de Maman ne te préoccupait pas autant.

— Je n'étais pas son père, que je sache.

— Non, tu étais son époux. Ça aurait dû suffire.

Un silence.

— Tu as raison, lâcha tristement François. Ce n'est pas la maladie qui va te tuer, c'est la trouille.

— Je n'ai pas peur.

— Tu as peur de tout, même de ton ombre. C'était pareil quand t'étais tout môme.

— Comment tu pourrais le savoir ? Tu n'as jamais été là.

Re-silence. François se servit un verre de soda, avant de le jeter dans l'évier.

— Il est comme toi, commenta-t-il, il a plus de bulles.

— N'importe quoi.

François hocha la tête.

— Prouve-moi que j'ai tort.

— Je… je n'ai rien à te prouver.

— À moi, non. Mais à Ludo…

Le prénom de l'adolescent flotta dans l'air une seconde et retomba sur les épaules de Denis. Il se tordit les lèvres. Tout en se resservant un autre verre – de jus d'orange cette fois –, François l'observait en coin, certain d'avoir fait mouche.

— Pouah, rouspéta-t-il après avoir avalé une gorgée de jus de fruits, mais ils ont oublié la pulpe dans ton truc.

— J'ai horreur de la pulpe.

— Ça m'étonne pas, va. T'as les jetons de tout ce qui dépasse.

Le corps lourd de sommeil, les cheveux dans tous les sens, Ludovic pénétra tout à coup dans la cuisine en se grattant la joue. Avec une voix de mort-vivant, il maugréa que c'était quoi le délire, qu'ils faisaient trop de bruit, que c'était vachement chiant, quand même.

— Il se passe que ton père est plus coincé qu'une sardine dans sa boîte.

— Ne mêle pas Ludo à tout ça, souffla Denis, exaspéré et terriblement las soudain.

François ne releva pas et s'adressa directement à son petit-fils :

— Allez viens, bonhomme, je t'embarque pour un lever de soleil dans Paris. Je suis sûr que ton père t'a jamais montré ça.

Ludo glapit de joie et détala se préparer dans sa chambre.

— Tu es plus pénible à chaque fois que tu réapparais, pesta Denis en enfilant ses chaussures.

Il songea que son père était sacrément gonflé de faire irruption dans sa vie pour y mettre le bazar. Et que sans son quota de sommeil, il ne viendrait jamais à bout du dossier Patacru, que la créativité demandait de l'investissement et de la concentration, tout ce qui, bien sûr, passait royalement au-dessus de la tête des deux autres.

Moins d'une heure plus tard, François ahanait sous l'effort, sous le regard dubitatif de son petit-fils et la figure toujours courroucée de son fils. Il finit par avoir raison du rideau métallique corrodé et accueillit son ouverture par une exclamation de contentement. Le véhicule apparut, au milieu d'un tas d'objets hétéroclites et de vieux papiers.

Denis eut un temps d'arrêt. Il s'était attendu à tout, sauf à ça. Son vieux combi Volkswagen orange. Pare-chocs légèrement cabossé, phare droit pendant au bout de son fil, porte côté droit qui n'avait pas tout à fait la même couleur que le reste. Identique à ses souvenirs, en un peu plus sale, peut-être.

— Je vous présente la bête, plastronna François.

Puis, décochant un clin d'œil à Ludo :

— C'est là-dedans que ton père a emballé ta mère.

— François ! s'indigna Denis, pour la forme, d'une voix un peu chevrotante.

— C'est dégueulasse, votre discussion, renchérit l'adolescent.

Denis enjamba le fourbi qui jonchait le sol et s'approcha du minivan. Avec nostalgie, il en effleura les contours, épousseta machinalement le capot. Derrière lui, Ludo râlait qu'il s'était bien fait arnaquer avec leur histoire de lever de soleil, que s'il avait su qu'on l'embarquerait voir une antiquité pareille, il serait resté couché.

— J'en reviens pas que… que tu l'aies gardé tout ce temps, bégaya Denis.

— Oui, bon, maintenant, faut le sortir de là. Y a un sacré boxon.

Ludo eut beau rouspéter, arguant qu'en plus du reste, lui faire ramasser les poubelles, c'était limite de la maltraitance, il s'exécuta et, tout comme son père et son grand-père, il se baissa pour dégager le passage du minivan. Lorsque tout fut terminé, François tendit la clé à son fils.

— Juste histoire de voir si le moteur tourne encore, précisa-t-il avec un sourire en coin.

Quand Denis ouvrit la portière, une vague d'émotion le submergea, en même temps qu'une salve d'éternuements. La poussière accumulée depuis de nombreuses années s'infiltrait maintenant dans ses voies respiratoires et réveillait son allergie. Faisant fi des atchoums qu'il crachait en cascade, il grimpa et caressa pendant quelques instants le volant en cuir. Puis, le cœur en marmelade, il mit le contact. Le combi crachota comme un vieillard essoufflé. Denis baissa la tête, triste de constater que le minivan n'avait, lui non plus, pas pu survivre au temps. Mais le combi n'avait pas dit son dernier mot. Contre toute attente, le moteur toussota avant de vrombir pour de bon. Une résurrection.

François se hissa gaiement sur le siège passager, Ludo, sur la banquette du fond. L'adolescent affecta un air dégoûté par l'odeur d'essence et de sous-bois qui régnait dans l'habitacle, ignorant que cette même odeur réjouissait Denis et réveillait des souvenirs enfouis.

— Alors, on va où? demanda François qui avait déjà sa petite idée.

Mais Denis secoua la tête. Où tu veux qu'on aille avec ce vieux machin, et puis j'ai plus de permis, et puis le contrôle technique, et puis le boulot où je dois me rendre dans moins de trois heures, et puis la présentation pour Patacru, et puis Richard, et puis les douleurs dans mon dos, et puis et puis et puis.

— Et puis Sandrine? Tu la laisses vraiment partir sans te bagarrer? Tu as la chance, là, de pouvoir la récupérer. On s'en fout du permis et du contrôle technique, on s'en fout de Pétécru.

— Patacru…

— Oui, si tu veux. C'est quoi tout ça à côté de l'amour de ta femme et de ta deuxième chance ?

— Non, mais quelle deuxième chance ? s'énerva Denis. Un vieux minivan n'a jamais fait une deuxième chance. Il ira jamais en Corse. Et admettons qu'il y aille, on aura le temps de se faire arrêter quinze fois par la police. On n'arrivera jamais à temps. Elle se marie dans deux jours, bon sang, deux jours !

— On a besoin que d'une seule journée !

— Tu déconnes à plein régime ! C'est de la folie !

— Tu veux que j'te dise ? C'est exactement pour cette raison qu'elle est partie, ta bonne femme ! T'as jamais su prendre le moindre risque, t'es plus ennuyeux qu'une armée de limaces. La seule chose qui t'colle au derrière, c'est ton canapé. Si la notion de risque avait un contraire, ce serait toi.

Les yeux obstinément braqués sur le mur haut, gris et bardé de fissures qui ceignait les box en enfilade, Denis ouvrait et refermait ses doigts sur le volant en cuir élimé. Il sentait cette satanée boule battre au fond de son estomac. Battre, comme ce cœur qui ne vibrait plus depuis… depuis quand déjà ? Son père n'avait peut-être pas tort, au fond…

Et Sandrine ? Avait-il encore une chance de la reconquérir ?

Oui, mais sa présentation alors ? Il eut soudain la vision effrayante d'une marmite au fond d'une agence Pôle emploi et de conseillers sardoniques occupés à faire mijoter les cadres dont personne ne voulait plus.

— Et puis, je suis certain que le p'tit a très envie d'aller voir sa mère, pas vrai ? ajouta François en se retournant vers Ludo qui avait déjà mis son casque sur les oreilles.

La marmite disparut au profit du sourire doux de Sandrine, et de Ludo dans ses bras. La phrase de son père avait mis dans le mille.

Denis pinça les lèvres. Son regard s'intensifia quand son pied écrasa l'accélérateur. Le moteur se mit aussitôt à rugir. Direction la Corse, l'amour de sa vie, sa famille. Quant à Richard et Patacru, il essaierait d'arranger le coup, il lui restait un peu plus de deux jours pour trouver une solution. Et une idée de génie.

Il était à peine 6 heures. Feux tricolores aux croisements et réverbères parcimonieux coloraient les rues. Les automobilistes étaient rares, les scooters, pas encore de sortie. Paris s'éveillait doucement sous l'assaut d'une aurore tranquille.

Denis conduisait avec la prudence dont il ne se départait jamais, la ceinture fixée autour de son ventre légèrement bombé. Il avait demandé à son père et à son fils d'accrocher la leur. Le premier lui avait rétorqué que sa ceinture était hors service et que le bitoniau ne rentrait plus dans le zinzin ; le second, lui, n'avait rien répondu du tout, comatant dans un demi-sommeil au son d'une musique qui grésillait par-delà son casque. Denis avait bougonné que la prudence n'était pas qu'un concept et que cette affaire serait du pain bénit pour la police.

— Qu'est-ce que tu dis ?

— Non, rien, laisse tomber, se résigna-t-il.

Le minivan orange aux allures de jouet traversa quelques arrondissements, cédant la priorité à droite, ralentissant aux passages pour piétons que peu de gens foulaient à cette heure matinale, respectant les limitations de vitesse au kilomètre heure près. Puis vint la première vraie ligne droite. Brusquement grisé par cette mission qu'il s'était donnée, Denis appuya presque à son insu sur le champignon.

— Stop ! cria tout à coup François.

Denis pila, sous les récriminations de Ludo dont le Smartphone, posé sur ses cuisses, avait atterri sur le tapis râpé.

— Les croissants de ta voisine, expliqua le grand-père avec une lueur de malice au fond des yeux en désignant une boulangerie. J'ai promis, je fais. T'aurais pas dix euros à m'prêter ? J'te les rends, promis.

8.

SANDRINE – 1994

Cher journal,

Il s'est passé quelque chose d'incroyable aujourd'hui. Tout à l'heure, alors que nous remontions de la plage avec Isa et Céline, nous nous sommes arrêtées au Café des sports. Comme d'habitude, Mireille parlait fort derrière son comptoir. Elle était en rogne contre un supermarché qui doit ouvrir, à la rentrée, à cinq kilomètres. Elle servait les clients en affirmant que les grandes surfaces allaient tuer le petit commerce, qu'encore, elle, elle n'était pas à plaindre finalement, mais que Valérie la boulangère et que Franck, le boucher d'à côté, ils n'allaient pas résister longtemps à la concurrence et qu'à ce compte-là, on n'allait pas tarder à voir crever les bourgs et les villages.

Depuis qu'on vient passer nos vacances à l'Île-Grande, il n'y a pas un été au cours duquel Mireille ne grogne pas. Ce doit être sa manière d'exister; elle a peut-être peur qu'on l'oublie si elle ne se fait pas entendre. Alors Isa, Céline et moi, on n'y fait plus vraiment attention. À la limite, c'est quand elle ne peste pas que ça nous paraît suspect.

Bref, on s'est installées toutes les trois à une table sur la terrasse et on a commencé à parler de ce qui nous attendait. Enfin, surtout Isa et moi, vu que Céline a raté son bac et qu'elle est obligée de retaper sa terminale. Isa a de la chance, elle fera sa rentrée en octobre, un mois après moi. Elle dit que c'est toujours comme ça à l'université : moins d'heures, moins de travail en cours, mais plus de boulot personnel, surtout en lettres modernes. En septembre, elle va bosser au standard de la maison d'édition où travaille sa mère. Mais il ne faut pas lui parler de piston, à Isa, elle n'aime pas trop ça, elle dit que c'est simplement une question d'être au bon endroit au bon moment.

On a commandé trois monaco et on a bavardé tranquillement pendant près d'une heure. Et puis il y a eu de la musique. Super forte. Ça provenait d'un minivan orange, un peu vintage et déglingué, qui s'était garé sur la place, juste en face de la terrasse. Trois garçons en sont descendus et ils se sont installés à la table à côté de nous.

La vingtaine, plutôt pas mal, bronzés, avec du sable sur les mollets et des serviettes sur la nuque. Ils sentaient l'huile de monoï. J'en ai déduit qu'eux aussi revenaient de la plage. Avec son courage naturel, Céline les a invités à se joindre à nous. Je ne savais plus où me mettre; dès que l'un d'eux me parlait,

je sentais mes joues rougir et mon cœur cogner contre ma poitrine. C'était l'horreur. Je ne sais pas pourquoi ils m'impressionnaient autant, peut-être à cause de leur âge, ou peut-être à cause de l'aisance qui se dégageait de deux d'entre eux. Le troisième, lui, était un peu plus timide, il ne parlait pas beaucoup.
Ils nous ont expliqué qu'ils étaient là pour le week-end, qu'ils venaient de la région parisienne, pas très loin de chez nous (avec Isa, on s'est fait un clin d'œil parce que quand même, c'était une sacrée coïncidence qu'ils habitent pas loin de nous), qu'ils étaient arrivés hier et qu'ils repartaient lundi matin tôt pour être au boulot vers 10 heures. Ils étaient étudiants, mais ils profitaient de leurs vacances pour travailler.
Quand Mireille leur a apporté leur commande, elle s'est retournée pour crier à un type accoudé au zinc que l'Europe allait bien finir par couler la France avec toutes ces conneries. Avec le mouvement, son plateau a percuté le nez du plus timide qui s'est mis à saigner très fort.
Comme je vais commencer à préparer le concours d'infirmière l'année prochaine, Isa et Céline m'ont lancé un regard du genre : « Toi, tu sais quoi faire. » Quant à Mireille, elle était vachement embêtée, elle s'excusait tous azimuts. Alors j'ai pris mon courage à deux mains et j'ai fait semblant. Je lui ai rentré des serviettes en papier dans les narines et je lui ai mis la tête en arrière pour que le sang s'arrête, et puis j'ai récupéré les glaçons au fond de nos verres pour éviter que la bosse qui commençait à gonfler sur le haut de son nez devienne bleue. J'ai tamponné jusqu'à ce que les glaçons fondent. L'eau gouttait entre mes doigts et sur ses joues. Tout le monde nous regardait, j'avais l'impression d'être une infirmière qui monte au

front pour sauver des soldats, comme dans un film. Je me sentais importante et affreusement ridicule en même temps, c'était un peu bizarre. Mais j'étais surtout contente de voir qu'il ne paraissait pas avoir trop mal. Ça me faisait plaisir.

Après ça, on a bu tous ensemble. Isa et Céline parlaient beaucoup, je crois que les garçons leur avaient tapé dans l'œil. Moi, je regardais mon verre. Je ne savais pas trop quoi dire. Je me sentais cruche.

Quand ils se sont levés, ils sont tous convenus de se retrouver tout à l'heure, au Macumba. Sans moi, parce que je devais garder mon petit frère. J'étais tellement déçue. Mais avant de partir, celui que j'avais soigné m'a demandé si j'avais un numéro de téléphone.

Je n'en ai pas, nous sommes en location; quand nous avons des coups de fil à passer, nous utilisons des cabines téléphoniques. Alors j'ai réfléchi, j'avais envie de garder le contact, je le trouvais gentil et amusant. Et j'étais flattée qu'il ait envie d'appeler quelqu'un d'aussi insignifiant que moi. Je n'aurais pas été étonnée s'il avait voulu discuter avec Isa ou Céline, mais avec moi, ça m'a vraiment surprise.

Du coup, je suis allée récupérer le numéro de la cabine téléphonique en face de la terrasse et je le lui ai noté sur un morceau de nappe. Il m'a demandé s'il pouvait m'appeler demain à 11 heures. Je lui ai dit que j'étais d'accord.

Il s'appelle Denis. J'aime bien ce prénom, ça lui va bien. Demain, à 11 heures, j'attendrai dans la cabine. Pourvu qu'il n'oublie pas.

9.

François sortit du hall d'entrée de l'immeuble et rejoignit son fils et son petit-fils au pas de course, dans le minivan garé juste en face. Denis s'apprêtait à redémarrer quand son père s'immobilisa devant la fenêtre ouverte.

— T'as pas un stylo ?

Denis secoua la tête. François prit un air ennuyé, il était hors de question d'abandonner les croissants sur le paillasson de Jeannette Larousselle sans lui écrire un petit mot doux.

Son cœur d'artichaut lui soufflait que cette femme méritait bien plus d'égards. Contrarié, il réfléchit une seconde avant d'ouvrir la portière pour s'acharner sur la serrure de la boîte à gants, qu'une clé minuscule fermait à double tour. Quand celle-ci céda, un improbable bric-à-brac chuta sur le sol du véhicule et jusque sur la chaussée. Il le ramassa à la hâte en lorgnant en biais du côté de son fils.

Denis, lui, examinait perplexe le tas d'objets, parmi lesquels, en vrac et entre autres, se trouvaient une brosse à dents, un peigne, un petit vaporisateur, un chéquier déchiré, une carte bleue coupée en deux, des enveloppes non ouvertes.

— Un coup de main ? demanda-t-il en se penchant.

François refusa tout net.

— Sûrement pas, j'suis pas encore grabataire, riposta son père en rassemblant de son mieux le bazar pour le pousser au fond de la boîte à gants.

— Tu es sûr que tu fais bien de garder tout ça ? insista Denis.

Voilà à quoi pensait Denis quand son père, tout feu tout flamme, brandit un feutre noir.

— Ah, je savais bien qu'il était là !

Il pressa le reste des affaires au fond de la boîte à gants qui semblait sur le point d'éclater, et la referma à double tour. Il prit ensuite soin de récupérer la minuscule clé pour la fourrer au fond de la poche de sa veste.

— J'voudrais pas que tu m'piques mon chéquier, dit-il sur un ton étonnamment empreint de sérieux.

— Tu es interdit bancaire…

Mais il courait déjà vers l'entrée de l'immeuble. Les frasques de François n'étonnaient même plus Denis qui s'enfonça dans son siège. Ses doigts tapaient machinalement sur le volant, se calant peu à peu sur le rythme des grésillements qui émanaient du casque de Ludo. Il régla le rétroviseur pour contempler l'adolescent qui faisait la moue en pianotant sur son Smartphone d'une main et en dévorant un pain au chocolat rapporté par son grand-père de l'autre. Il nota, en souriant légèrement, que des miettes pendaient au fin duvet qui recouvrait à présent le menton de son fils. Aussitôt, il se rembrunit en songeant qu'il n'avait pas su conserver la confiance de Ludovic.

Croisant le reflet de son regard, le collégien ronchonna un « Quoi ? », avant de revenir à l'écran de son téléphone. Denis secoua la tête doucement en détournant les yeux, gêné d'avoir été pris en flagrant délit de sentimentalisme. Heureusement, François revint et mit un terme à ce ruissellement de nostalgie.

— Je lui ai écrit que je l'inviterai à dîner à la maison après notre retour.

— Quand tu dis « à la maison », tu veux dire chez moi, je suppose.

— Oh chez moi, chez toi, c'est pareil, c'est la famille, fiston. Allez, c'est parti mon kiki, démarre, on n'a pas de temps à perdre si on veut ramener la femme de ta vie avant qu'elle file pour de bon.

Denis s'abstint de relever et démarra le minivan. Direction l'entrée de l'autoroute.

Cette fois, c'était bon, on était partis.

10.

Un soleil franc brillait dans un ciel sans nuages.

Le minivan n'était qu'à cinq kilomètres de Paris, coincé dans les embouteillages depuis pratiquement deux heures. Devant, derrière, sur les côtés, des hordes d'automobilistes en colère jouaient du Klaxon.

Certains sortaient de leur véhicule : pieds écartés et enracinés au sol, mains flanquées à la taille, cou enflé de coq, ils cherchaient à comprendre les raisons de cette immobilité en revêtant des figures d'expert à qui on ne la fait pas. Les hypothèses allaient bon train. Plus farfelues les unes que les autres, elles se répercutaient d'une automobile à l'autre, d'autant plus vite qu'elles fleuraient bon l'insolite ou le sensationnel, quitte à tabler avec volupté sur deux ou trois carnages amplifiés à chaque énonciation. Entre autres catastrophes entendues : un chargement de crème glacée renversé en plein milieu de la route, le déversement d'une chape de béton sur un autocar et un camion rempli de canards qui se seraient égaillés dans la nature et sur les voies.

Jusqu'à ce que quelqu'un crie quelque part à quelques kilomètres de là que les routiers organisaient des barrages sur toutes les autoroutes de France. Conclusion, on n'avait pas fini d'être cul à cul.

— Ah, c'est bien la France, ça ! rouspéta un type en nœud papillon en s'extirpant de sa Mercedes, juste à côté du minivan.

Ludo souffla d'exaspération, arguant qu'il avait faim, qu'il avait soif, qu'il n'allait bientôt plus avoir de batterie et que les plans foireux de son père, hein, merci bien.

— On ne va pas tarder à repartir, promit Denis sans conviction.

Il alluma alors la vieille radio et la régla tant bien que mal sur une fréquence audible. Après une publicité portant sur un lot de quatorze yaourts vendu exceptionnellement au prix de douze et un vieux slow des années 80, un journaliste enroué annonça que la grève avait gagné en force : aucune autoroute n'était épargnée, le pays était au point mort. Jamais, depuis mai 68, on n'avait connu un mouvement de contestation pareil.

« Nous conseillons donc à tous les utilisateurs de limiter leurs déplacements et d'éviter d'emprunter les voies rapides, afin de ne pas engorger davantage les autoroutes sur lesquelles, à l'heure où je vous parle, on relève plus de trois mille kilomètres de ralentissement, ce qui est AB-SO-LUMENT I-NÉ-DIT ! »

— Eh bah voilà, conclut Denis, affligé. Tout ça pour ça…

Pour toute réponse, François fouilla sous son siège et extirpa une vieille carte routière déchirée aux encoignures, qu'il se mit à étudier avec le plus grand des sérieux en émettant de petits bruits de bouche. Le vieil homme traça avec son index un peu tordu des itinéraires, en hochant la tête d'un air inspiré et en fronçant les sourcils.

— J'ai un GPS sur mon téléphone, suggéra Denis.

Mais François leva un doigt péremptoire.

— Tais-toi, je réfléchis… Ah ! ça y est, j'ai trouvé !

— On rentre à la maison ? s'exclama Ludo sans cacher son soulagement.

— Oui, on ren…, commença Denis.

— Hors de question ! coupa François. On change rien à nos plans, on va en Corse.

— Mais enfin, sans autoroute, c'est complètement idiot. Il nous faudra au moins…

— Deux jours et demi, quasi tout pile, en comptant les arrêts pipi et sandwich, répliqua François d'un ton satisfait.

— Je déteste ma vie, se lamenta l'adolescent en se rencognant dans la banquette.

— Non, mais François ! t'es tombé sur la tête ou quoi ?

François planta ses pupilles dans celles de son fils.

— Regarde là, devant, sur le panneau, tu vois quoi ?

Denis plissa les yeux ; sa myopie avait, semble-t-il, gagné du terrain.

— Je vois… Fontainebleau.

— Bah moi, je vois « Sandrine ».

Denis soupira, c'était reparti pour une leçon de morale à trois francs six sous. Impassible, son père continua :

— Et là, derrière, c'est écrit « Regret » et, si tu veux mon avis, c'est loin d'avoir la même tronche. Alors, tu fais quoi ? On va où ?

Des vibrations empêchèrent Denis de répondre. Celui-ci souleva ses fesses pour attraper son téléphone. Un rictus traversa son visage quand il aperçut le nom de Richard clignoter sur l'écran. La boule nichée dans son estomac en permanence sembla gagner en volume.

— Hey, salut, Richard, bredouilla-t-il en se massant la tempe pour juguler l'espèce de migraine qui commençait à pointer.

— Salut, bon, t'es où là ?

— Euh… dans les embouteillages.

— Tu te fiches de moi ? Tu habites à un quart d'heure à pied ! Alors, écoute, il faut que tu te magnes de rappliquer ici. Tu sais, le fils Patacru, finalement, c'est pas après-demain qu'il la veut sa présentation, c'est demain soir. Je lui ai dit que c'était pas un souci, que t'étais sur le pont. On est d'accord que c'est pas un souci, hein ?

— C'est pas un souci.

— Ah, bah tant mieux.

— Par contre, je préfère travailler de chez moi aujourd'hui si tu n'y vois pas d'inconvénient. Question d'inspiration, tu vois ?

— Ah ah, vous, les artistes… Tu n'oublies pas ce que je t'ai dit, n'est-ce pas ?

— Non, j'oublie pas Pôle emploi, pas de danger…

— Allez, je te laisse, embrasse ta muse pour moi.

— Je n'aime pas du tout ce type, déclara François sitôt que Denis eut raccroché. Il m'a tout l'air d'un arriviste.

— Cet arriviste, comme tu dis, paye le crédit de l'appartement que tu squattes quand ça te chante et remplit le frigo dans lequel tu pioches allègrement dès qu'une de tes copines te met à la porte.

— Bon, alors, décidez-vous. On fait quoi là ? intervint Ludovic, agacé par les incessantes disputes des deux hommes que même le volume à fond dans ses écouteurs ne parvenait pas à filtrer tout à fait.

Un concert de Klaxons retentit et un mouvement s'amorça dans la file de voitures.

Sandrine/Patacru, Patacru/Sandrine.

Sandrine. Sandrine. Sandrine. Il l'aimait encore, elle était la femme de sa vie, il en était certain. Il trouverait bien une excuse à servir à Richard. Après tout, personne n'était à l'abri d'une grippe.

Le minibus orange sortit à Fontainebleau et s'engagea sur la Nationale 7. Le visage superbe de Sandrine se dessinait, tout comme l'ancienne et mythique route des vacances.

Deux jours et demi.

— Dis, fiston, il faudrait que tu m'arrêtes vite fait à Montargis. J'ai un truc à récupérer chez une copine.

Son père était irrécupérable, ils n'avaient que deux jours et demi pour rallier la Corse et lui ne pensait qu'à draguer. Mais, comme s'il avait perçu les réticences silencieuses de Denis, François se justifia :

— On en profitera pour manger un sandwich et faire pipi. Deux jours et demi, c'était en comptant les pauses, j'te rappelle.

Malgré son agacement manifeste, Denis ne put s'empêcher d'esquisser un imperceptible sourire. Il ouvrit la fenêtre. Un vent léger s'engouffra dans l'habitacle et frôla ses tempes grisonnantes.

Un vent frais qui faisait du bien et qui avait un petit goût de liberté.

11.

SANDRINE – 1995

Cher journal,

Denis m'a fait une surprise hier. Quand je suis sortie de l'école d'infirmière, il m'attendait sur le trottoir d'en face avec un énorme bouquet de roses. Le bouquet était si gros qu'on ne voyait pas sa tête, derrière. On aurait dit un bouquet avec un jean et des Dr. Martens. C'était trop chou.

Je lui ai sauté au cou. Cela faisait trois semaines que je ne l'avais pas vu, une éternité ! Il m'a tant manqué !

On est allés boire un verre dans le bistrot à côté de l'école, on s'est embrassés et il n'a pas arrêté de faire des blagues. Je riais tellement que je n'arrivais pas à boire mon Coca. Les bulles remontaient dans mon nez. Ça avait l'air d'agacer les gens autour, ils nous torpillaient avec leurs regards indignés. Mais nous, on s'en fichait, on n'y faisait pas attention. C'est triste de ne pas aimer le bonheur. Ou de ne plus l'aimer.

Il y a quand même un vieux monsieur qui nous a dit qu'on formait un très joli couple et que c'était beau à voir. Denis a trouvé que j'étais mignonne, à rougir parce qu'on nous faisait un compliment.

Après, on est montés dans le minivan et on s'est garés un peu plus loin, près des pavillons qui longent la rivière. On a marché au bord de la Marne, main dans la main, jusqu'au coucher du soleil. La lumière dessinait des mèches plus claires sur ses épais cheveux bruns. Le vent soulevait sa veste. Il était très beau. Des chiens aboyaient sur notre passage. Comme j'avais un peu peur, je lui sautais dans les bras dès que j'en avais l'occasion. Tout à coup, il m'a dit qu'il m'aimait. Au moment où il a prononcé ces mots, mon cœur cognait si fort que j'ai cru que ma poitrine allait exploser. Je lui ai répondu que moi aussi.

Je l'aime plus que tout et je voudrais qu'on ne se quitte jamais.

Il a dû repartir parce qu'il a cours demain matin. C'est dommage. J'aurais bien voulu qu'on passe la nuit ensemble. Mais je comprends, cette année, c'est important, c'est l'avant-dernière. Il prépare un diplôme en marketing. Il est brillant. Je suis si fière de lui.

Je regarde le bouquet que j'ai posé dans un vase et qui trône au milieu de mon bureau. J'ai du mal à imaginer que tout le monde puisse vivre un sentiment pareil. Quand je vois tous ces aigris qui nous regardent en levant les yeux au ciel parce qu'on fait trop de bruit, je me sens chanceuse.

12.

L'auberge tenue par Marguerite était plutôt éloignée du centre-ville, si bien qu'il fallut plus d'une heure à François pour en retrouver l'emplacement. Ce dernier était persuadé que c'était là, à droite, qu'il fallait tourner, avant d'être convaincu que non, c'était la deuxième à gauche après le haras. À Ludo et Denis qui s'énervaient plus ou moins poliment, le grand-père rétorquait que cette fois, il en était sûr, on n'était plus très loin, que c'était une question de secondes et qu'au lieu de ronchonner, on ferait mieux de profiter du paysage en famille.

Ce à quoi Ludovic ripostait immanquablement que sans musique et sans batterie, ça craignait.

Bref, midi avait sonné depuis belle lurette quand le minivan s'immobilisa enfin sur le parking désert de l'hôtel.

C'était un printemps étonnamment chaud. Accroché à son zénith, le soleil achevait d'effacer les restes d'un antique marquage au sol et grillait l'enseigne à laquelle manquait une lettre. Auparavant, l'établissement se nommait Le Trot.

— Euh… Le rot? demanda Ludo en dévisageant avec perplexité le bâtiment rectangulaire à deux étages bardés çà et là de balcons crème et rougeâtres.

Un peu différent d'avec mes souvenirs, se dit François.

Décrépit, songea Denis.

— Archi pourri, lâcha Ludovic, doutant même que l'électricité soit parvenue jusqu'à cette contrée du monde.

Un carillon tintinnabula lorsqu'ils poussèrent la porte d'entrée. Une grande femme vêtue d'une salopette d'homme et coiffée de deux longues nattes épaisses et blanches apparut.

— Hey! François ! Ça par exemple! s'écria-t-elle en jetant sur ses joues des baisers sonores. Tu aurais pu m'appeler, j'aurais eu le temps d'enfiler quelque chose de plus seyant.

— Ma Margotte, tu sais très bien que je te trouve magnifique, quoi que tu portes.

Le visage de la patronne s'empourpra.

— T'as pas changé, toujours aussi beau parleur!

— Et toi, toujours aussi belle.

Denis s'éclaircit la gorge pour attirer l'attention des deux tourtereaux. Après tout, on n'avait pas la journée.

— Ah oui, se ravisa le septuagénaire. Le coincé, là, au bord de la crise de nerfs, c'est mon fils, Denis.

Tout en fustigeant son père du regard, ce dernier serra la main calleuse et volontaire que lui tendait Marguerite.

— Quant à l'ado qui fait semblant de se rebeller, c'est Ludovic, mon petit-fils.

— Quel âge ? s'enquit-elle comme si l'adolescent n'était pas dans la pièce.

— Quatorze, bientôt quinze.

— Aïe aïe aïe, à cet âge-là, c'est *Hunger Games* dans les hormones et *Space Mountain* dans la tête. Et j'en connais un rayon. Vous avez mangé ?

— C'est gentil, mais on n'a pas le t..., commença Denis.

Mais François le coupa net :

— Non, pas encore !

— Eh ben voilà, je vais vous préparer quelque chose. Comme ça, vous allez me raconter ce qui vous amène ici. Venez avec moi.

Tout ce petit monde emboîta le pas à Marguerite, Ludo s'attachant à examiner les plinthes à la recherche de prises de courant, Denis bougonnant en son for intérieur qu'on n'avait pas de temps à perdre et François, frais comme un gardon, roucoulant dans le cou de Marguerite que tout cela lui rappelait d'excellents souvenirs.

— Tu crois qu'elle et lui ? chuchota Ludo.

— Tu connais ton grand-père...

Ils arrivèrent dans une salle à manger baignée de lumière, malgré une peinture orange et un parquet marron foncé. Une fausse cheminée qui avait sûrement dû être design dévorait le tiers d'un pan de mur. Les murs, justement, étaient recouverts de vieilles photos. Ambiance *seventies* garantie.

Avachie sur une chaise près d'une fenêtre, les pieds croisés sur la table, une jeune fille aux cheveux longs mâchait un chewing-gum en faisant glisser son index sur l'écran d'une tablette. Ses paupières recouvertes de noir et le khôl qu'elle portait pour rehausser ses yeux verts lui donnaient un air de chat fuyant.

— Je vous présente Lola.

La susnommée Lola ne bougea pas d'un iota. Mine boudeuse, concentrée sur les photos de vacances de rêve postées sur le compte Instagram d'une influenceuse, elle ne les avait pas entendus arriver.

Marguerite s'approcha de sa petite-fille et, sans ménagement, retira l'écouteur de son oreille droite. Surprise, Lola grommela quelques mots d'impatience et salua d'un hochement de tête les nouveaux venus, avant de replacer illico l'oreillette et de s'envoler dans l'escalier tel un moineau contrarié.

— C'est compliqué, hein ? soupira la tenancière à l'adresse de Ludo qui haussa les épaules.

Puis, se tournant vers François et Denis :

— Sa mère me l'envoie à chacune des vacances scolaires. Mais à son âge, elle tourne en rond, évidemment. Je suis obligée de l'enfermer, sinon elle fugue. Elle m'a fait le coup trois fois depuis qu'elle est là. Normalement, elle aurait dû rejoindre son père à Marseille, mais avec cette satanée grève, elle est coincée, la pauvre gamine. Bon allez, assez tergiversé, je vous abandonne quelques minutes, le temps de vous préparer un casse-croûte.

— Dites, je peux ?

Marguerite observa Ludo qui tenait entre ses mains son téléphone et son chargeur.

— Il y a une prise là, mon grand, répondit-elle en lui désignant la table à laquelle était installée Lola la seconde d'avant.

Alors que François avait suivi Marguerite dans la cuisine attenante, le tic-tac d'un couteau suisse faisait la nique au son des notifications provenant du Smartphone de Ludo. Denis regardait le plafond, au-dessus de son fils, à la recherche d'un sujet de conversation.

— Tu as faim ?

— Mmh mmh...

— C'est sympa, ici...

— Mmh mmh...

— Et les cours, ça va ?

— Mmh mmh...

— Si tu veux, tu n'es pas obligé d'aller au lycée l'année prochaine.

Cette fois, Ludo leva la tête, les yeux brillants.

— Tu déconnes ?!

— Évidemment.

— Pfff, très drôle.

Une heure plus tard, les sandwichs étaient avalés et ils étaient sur le départ, prêts à tailler la route. Marguerite fourra un petit objet dans la main de François au moment où celui-ci s'apprêtait à grimper dans le minivan.

— Tiens, c'est bien ça que tu étais venu récupérer ?

François opina du chef, ouvrit la boîte à gants à l'aide de la petite clé, fourra l'objet à l'intérieur, ramassa à la va-vite les lettres qui en avaient profité pour se faire la malle et referma le tout à double tour sans que Denis ait pu voir de quoi il s'agissait.

Puis François baisa la main de Marguerite.

— À bientôt, j'espère, bredouilla-t-elle en reculant, visiblement émue.

Et le moteur se mit à vrombir. Peu à peu, la silhouette touchante de Marguerite rétrécit dans le rétroviseur, tout comme celle de son hôtel.

Les effusions auxquelles il avait assisté avaient mis Denis assez mal à l'aise. Il se demanda comment son père pouvait se montrer sans cœur au point de jouer avec les sentiments de toutes ces femmes qui l'attendaient dans chaque port. Combien étaient-elles ? Combien de cœurs s'était-il plu à briser dans sa triste vie inutile ? Aux yeux de Denis, François cumulait les défauts : baratineur, racoleur, profiteur et immature. Et, par-dessus tout, pathétique. Comme avait été pathétique la façon dont il avait abandonné sans vergogne femme et enfant, faisant fi de tout sens des responsabilités. Comme à chaque fois que ses pensées le ramenaient à son enfance et à ce père qui, après avoir brillé par son absence, était revenu hanter sa vie d'adulte avec son bec enfariné, Denis sentit pointer de la tristesse mâtinée de rancune.

Il inspira. Malheureusement, on ne pouvait pas réécrire l'histoire ; il fallait faire avec ses failles et ses blessures.

Le minivan quitta Montargis et s'engagea plus avant sur la Nationale 7. François et Ludovic s'étaient endormis. Il dépassa les panneaux de Briare et de Nevers. Denis, lui, gardait l'œil rivé au tableau de bord tant il craignait d'attirer l'attention de la police s'il s'accordait le moindre écart de vitesse. Pourtant, l'envie d'appuyer sur le champignon ne lui manquait pas : maintenant qu'il était lancé, la perspective d'arriver trop tard au mariage de Sandrine le tétanisait.

Il restait quelque chose à sauver de ce côté-là, il en était dorénavant persuadé.

Mais il était inquiet : la jauge d'essence commençait à dangereusement piquer du nez et toutes les stations-service qu'ils avaient croisées jusque-là étaient obstruées par des plots en plastique, fermées pour cause de rupture de stock de carburant. La grève paralysait aussi les ravitaillements. Plus que la police, Patacru et les frasques de celui qui n'avait de père que le nom, c'était bien la pénurie qui menaçait pour le moment son expédition de la dernière chance.

— Dites, je peux sortir maintenant? On crève là-dessous.

13.

Stupéfait, le cœur au bord de l'apoplexie, Denis fit une embardée sur le bas-côté et écrasa la pédale de frein sous les récriminations ensommeillées de son fils et de son père. Puis il se retourna pour découvrir la jeune fille, en sueur et échevelée, dont la tête dépassait du coffre. Son inexorable chewing-gum dans la bouche.

— Qu'est-ce que tu fais là, toi ?

Elle leva les yeux au ciel en gonflant les joues et fit éclater une bulle aux arômes de fruits rouges. Réalisant que François était en train de se ratatiner dans son fauteuil, Denis changea de victime.

— Tu peux m'expliquer ce qu'elle fait là ?

— Tu vas rire…

— J'en doute.

— La petite tournait en rond à Montargis, et Marguerite m'a demandé… enfin, tu sais, quand elle a su qu'on descendait dans le Sud… Bref, elle m'a demandé de déposer la petite chez son père à

Marseille. Tu sais comment c'est, j'ai d'abord refusé, tu penses, mais Margotte, ça avait l'air de lui t'nir à cœur, et puis je me suis dit que c'était sur le chemin, que ça f'rait même pas un détour, que c'était l'occasion quoi, alors…

— Génial, grinça Ludovic entre ses dents.

Denis tourna rapidement la tête vers son fils et vers la jeune fille qui, juste derrière lui, se rongeait un ongle. Puis il s'arrima au regard penaud de son père. Non seulement ils étaient hors la loi en roulant sans permis dans une guimbarde qui n'avait pas vu un contrôle technique depuis un siècle, mais en plus, ils portaient maintenant la responsabilité d'une gosse fugueuse. D'ici à ce qu'ils soient accusés d'enlèvement d'enfant, il n'y avait qu'un pas. François collectionnait les mauvaises idées.

Rectification, François était une mauvaise idée à lui tout seul, un puits d'emmerdements sans fond.

— On la ramène, décréta Denis après une minute de réflexion aromatisée à la fraise.

— Quoi ??? se récrièrent en chœur les deux copies conformes à l'arrière.

— J'y retournerai pas, bouda Lola.

— Et Maman ? plaida Ludovic.

— Tu vois, c'est pas moi qui le dis, tu devrais écouter ton fils, remarqua François.

Denis fusilla son père du regard. Le silence s'abattit alors dans l'habitacle où régnait une chaleur étouffante malgré les vitres ouvertes. Deux mouches volaient et se cognaient en bourdonnant.

— Et sinon, ça vous ennuie si je sors du coffre ?

Denis leva les mains en signe d'impuissance. Ni une ni deux, Lola enjamba le siège et se retrouva à côté de Ludovic.

— Tu verras, dit François après que le minivan eut redémarré, je suis sûr que tout va bien se passer.

Denis observa à la volée les deux adolescents dans le rétroviseur. Même indolence, même look, même obsession pour les écrans, chacun était enfermé dans sa bulle. Des bruissements provenant de leurs casques respectifs produisaient un son dysharmonieux.

Pour couvrir le bruit déplaisant qui chuintait des écouteurs comme pour compenser le mutisme qui ne cessait de planer entre son père et lui, Denis décida d'allumer l'autoradio. Mais les grésillements prirent toute la place, soit que les grands arbres bordant la nationale empêchaient les ondes d'arriver jusqu'à eux, soit que l'antenne brinquebalante sur le toit du vieux véhicule n'était plus en capacité de jouer son rôle. De guerre lasse, Denis enfonça la cassette qui se trouvait à l'intérieur de la fente sans même jeter un œil à ce qu'elle contenait. Ce geste, il l'avait effectué tant de fois dans sa jeunesse.

Quand la musique retentit, il se sentit tout drôle.

14.

SANDRINE – 1996

Cher journal,

Ce matin, je me réveille avec un drôle de goût dans la bouche. Un mélange de bonheur et d'inquiétude. Je suis encore toute retournée de ce qui s'est passé cette nuit. On était à deux doigts de la catastrophe. J'ai des frissons rien que de l'évoquer.

Hier soir, alors que je révisais mes cours, j'ai entendu la sonnerie de la porte. Puis ma mère a crié :

« Sandy, descends ! C'est pour toi ! »

Denis était sur le perron, à côté de ma mère. Je ne comprenais pas ce qu'il faisait là, nous n'avions pas prévu de nous voir, il m'avait prévenu que son stage se finissait tard et qu'il devait en plus préparer son examen de fin d'études. Finalement, m'a-t-il expliqué, son patron avait annulé la réunion qui devait avoir lieu. Nous

allions donc pouvoir fêter mon anniversaire ensemble. Je lui ai sauté au cou, j'étais si heureuse de sortir avec lui. Je ne serais donc pas seule pour mes 20 ans.
Quand je suis montée m'habiller, j'ai bien vu que ma mère et lui échangeaient des petits regards complices.
Nous avons grimpé dans le minivan, direction la capitale. Les Cranberries à fond, fenêtres ouvertes pour profiter de la fraîcheur de l'air. Objectif : Paris by night, un petit restaurant romantique aux chandelles, une balade à pied rue de Rivoli et le lever du soleil sur les quais de Seine. Un truc simple quoi. Enfin, c'est ce que je croyais.
Finalement, Denis m'a proposé de nous arrêter dans un bar, du côté de Saint-Michel, La Licorne. Un bar karaoké, c'était une bonne idée, j'adore chanter. Nous sommes directement montés à l'étage. Dès que nous avons franchi le palier, ils m'ont sauté dessus en hurlant un « Bon anniversaire » qui a fait trembler les murs et mon cœur. Mes amis, mon amoureux, tous réunis pour cette merveilleuse surprise.
Je ne me suis jamais sentie autant aimée qu'hier soir. Des cadeaux, des messages sur des cartes que je vais garder précieusement et surtout, leur présence si réconfortante, leurs délires que j'ai eu envie d'enfermer dans une boîte pour ne jamais les oublier et pouvoir les réactiver à chaque fois que j'en aurais envie, plus tard.
Ce n'est pas que j'appréhende l'avenir, c'est juste que je voudrais suspendre le temps. J'aimerais que ça dure toujours : quand je regarde mes parents et la plupart des gens qui nous entourent, je vois bien qu'il y a eu un raté, un saut mal réceptionné. Je ne les trouve globalement pas très heureux, pas très radieux, pas très amusants. Ils réfléchissent beaucoup, se jugent sans arrêt, se

donnent tout un tas d'excuses pour ne rien changer à la vie qu'ils n'aiment plus. J'espère que ce n'est pas une fatalité. De toute façon, je ne crois pas que je vieillirai. J'ai du mal à imaginer qu'un jour, je pourrai avoir 30, 50 ou 70 ans.

Après quelques verres et quelques chansons braillées n'importe comment, nous avons décidé d'aller en boîte, près des Champs-Élysées, tous ensemble. C'était une fête magnifique, tout le monde dansait. J'ai toujours aimé danser. Encore plus lorsque c'est au milieu d'une salle bondée et que la musique est très forte. Je sens les basses vibrer dans mon ventre, j'ai l'impression que le monde m'appartient, que tout est possible et qu'il suffit que je tende la main pour saisir l'univers.

Puis un type a commencé à danser très près de moi. Je l'ai repoussé, mais il insistait, il se collait à moi avec sa chemise pleine de sueur. Denis s'est tout de suite interposé pour le remettre à sa place. Le type a fini par s'éloigner et nous avons continué à nous amuser sans plus nous préoccuper de lui.

Nous avons enchaîné les tequila paf. J'ignore combien j'en ai bu. La tête me tournait un peu, mon palais était recouvert de sel et de citron.

Comme Denis a eu envie de fumer, nous sommes sortis prendre l'air, tous les deux. Le vent était frais. J'ai frissonné. Denis m'a prise dans ses bras pour me réchauffer. Il sentait un peu l'alcool et aussi Le Mâle de Jean-Paul Gaultier. Ce parfum lui va trop bien, on dirait qu'il a été fabriqué pour être vaporisé sur sa peau.

Le type a profité de ce que nous soyons seuls pour réapparaître à la sortie de la boîte de nuit, accompagné de deux autres gars. Ils avançaient, menaçants. L'un d'eux tenait un couteau. Les réverbères se reflétaient dans la lame. Je ne voyais plus qu'elle. Ma gorge n'a jamais été aussi sèche. Impossible pour nous de nous rabattre à l'intérieur, ils nous barraient l'entrée. Debout devant la discothèque, les deux physionomistes nous ont jeté un œil désabusé. Ils ne voulaient pas de grabuge à proximité.

J'ai regardé partout, à la recherche d'une issue. Toutes les échappatoires ont défilé dans ma tête : grimper sur ce lampadaire et attendre qu'ils s'épuisent ; courir jusqu'à la station de métro la plus proche et prier pour qu'une rame se referme sur nous avant qu'ils ne nous rattrapent ; traverser les Champs-Élysées et nous enfermer dans les toilettes du McDo pas loin.

J'ai entendu la voix d'un des gars balancer un : « Elle est mignonne, ta copine. » L'autre a brandi son couteau qui scintillait comme un avertissement muet.

Alors Denis s'est placé entre le groupe et moi. J'ai ressenti une décharge, un mélange de dégoût et de peur, c'est difficile à décrire.

J'ai attrapé son bras pour le faire reculer. Mais il n'a pas cédé. Ses poings se refermaient à mesure que les trois mecs s'avançaient. Quand le premier coup a été porté, j'ai crié. Denis est tombé. Il s'est relevé et s'est remis dans la bataille. Je ne reconnaissais plus son visage, il était transfiguré par la colère. De mon côté, j'étais pétrifiée, je n'arrivais pas à lâcher du regard la lame qui se balançait à gauche et à droite. J'étais choquée, immobile, je tremblais comme une feuille. Je mordais mes doigts. La peur a chassé les effets de l'alcool. Chaque coup de poing, chaque coup de pied résonnait en moi. Denis avait mal, j'avais mal pour lui. J'étais certaine qu'il allait y laisser sa peau.

Les physionomistes commençaient à grincer des dents, la bagarre empêchait les clients de s'approcher du barnum qui servait d'entrée. Lorsqu'ils se sont approchés, je me suis dit qu'enfin, ça allait s'arrêter. Mais le couteau les maintenait à distance. Ils avaient les jetons, tu parles de colosses.
Denis est tombé pour la deuxième fois. Le type au couteau a promené sa lame sur sa joue en se marrant. Il a tracé une croix dessus pendant que ses complices bloquaient Denis au sol. J'ai cru défaillir en voyant le sang.
Tout est allé très vite ensuite : je ne sais pas comment, mais Denis s'est retrouvé debout et, couteau à la main, il a pris en chasse les trois autres qui se sont mis à détaler comme des lapins.
Puis il est revenu vers moi. Penché sur ses cuisses, il respirait fort. Il m'a regardée et m'a demandé si j'allais bien. J'ai sondé sa joue en sang et je me suis mise à rire, tant sa question me paraissait dingue. Je suis ensuite passée du rire aux larmes, et je me suis jetée dans ses bras en le traitant de tous les noms parce qu'il m'avait fichu une sacrée trouille. Il y avait du sang sur mon chemisier.
La pluie a commencé à tomber.
Nous étions trempés, mais heureux d'être vivants.
Il m'a demandé :
— Combien ?
— Combien quoi ?
— De points de suture, mademoiselle l'infirmière ?
J'ai examiné la plaie et j'ai fait semblant de réfléchir en tordant ma bouche et en plissant les yeux.
— Trois. Un premier parce que t'aurais dû être plus prudent. Un deuxième parce que t'es con. Un troisième parce que je t'aime comme une folle.

Le pire, c'est qu'il a vraiment écopé de trois points de suture, sans compter les trois points sous-cutanés bien sûr. Ils lui ont même fait un vaccin contre le tétanos.
À présent, je le regarde dormir sur le lit de ma chambre. Il est beau, même avec le gros pansement qui lui cache la moitié de la joue. On dirait un enfant avec la force d'un homme. Il est presque midi, les rayons du soleil s'infiltrent par les volets et dessinent des barreaux de lumière sur son visage et sur son torse nu. J'ai hâte qu'il se réveille et qu'il me prenne dans ses bras. Je sais qu'il ne pourra rien m'arriver tant qu'il sera à proximité. Mon chemisier plein de sang est sur la chaise. Je vais peut-être devoir le jeter. Ou alors non, je vais le garder.
Il s'est battu pour moi ! Dans un film, n'importe qui trouverait ça cucul la praline. En vrai, c'est magique.

15.

Lola observait le paysage par la vitre entrouverte, le nez le plus près possible de l'ouverture pour juguler l'odeur de poussière et celle d'eau de toilette que dégageait l'espèce d'attardé qui était assis à côté d'elle.

Ça valait toujours mieux que de rester à Montargis. Une heure de plus dans ce bled paumé l'aurait tuée. La Venise du Gâtinais, tu parles. Venise, on en était loin. Les seuls masques de carnaval qu'on y voyait étaient constitués des têtes d'empeignes alentour qui pensaient qu'Instagram était un salon de tatouage et qui se croyaient drôles avec leur « Face de Bouque ».

Si seulement l'établissement de sa grand-mère avait été proche d'un arrêt de bus ou, mieux, dans la ville même. Mais non, il avait fallu que Marguerite se fade un hôtel au beau milieu de la cambrousse. Le Trot. Qui s'appelait Le rot depuis que le T s'était cassé la figure, l'an passé. Le rot. Qui pouvait avoir envie de loger dans un endroit qui portait un nom pareil ? C'était la honte intersidérale.

Sa grand-mère était sympa, ce n'était pas le problème. Mais elle était complètement larguée. Oh et puis le vieux, là, qui ronflait sur le siège avant. Avaient-ils réellement eu une aventure ensemble ?

À l'idée que Marguerite ait pu avoir un semblant de vie amoureuse, Lola fit la moue. Beurk. Ils n'étaient pas un peu vieux pour ce genre de choses ? On ne s'aimait que jeune. Après, c'était juste improbable/impossible/dégoûtant/interdit. La jeune fille chassa les images bizarres qui lui venaient en gonflant une bulle qui éclata sur ses lèvres.

Si seulement sa mère avait accepté de lui acheter son scooter, elle aurait pu au moins faire des allers-retours entre l'hôtel et le centre-ville. Trop dangereux, avait décrété sa mère qui, de toute façon, n'en avait rien à fiche et passait son temps à vouloir se débarrasser d'elle. Une nouvelle jeunesse qu'elle se payait, au détriment de celle de sa fille. Parfois, Lola se demandait qui était la mère de l'autre : vu comment se comportait sa génitrice, on aurait aisément pu confondre.

Quant à son père, ce n'était pas beaucoup mieux. Depuis qu'il avait refait sa vie avec Florence et qu'ils avaient eu les jumeaux, c'était comme si elle pissait dans un violon. Et puis Florence… Franchement, Disney n'avait rien inventé avec la belle-mère de Cendrillon et de Blanche-Neige. Lola était de trop, tout le temps. La seule chose qui lui mettait un peu de baume au cœur, c'étaient les jumeaux justement. Deux petites bouilles de 4 ans qu'elle adorait, mais qu'elle voyait peu. Elle n'était pas idiote, elle savait bien que c'était Florence qui s'opposait à ce qu'elle vienne trop souvent à Marseille. Son père aurait pu s'interposer s'il avait été moins lâche.

Et le collège. Ah, le collège ! C'était la goutte d'eau de son vase, la cerise sur le gâteau naze de son existence. Les profs la collaient plus souvent que de la Patafix, elle attirait les blâmes plus sûrement que les *like* sur les photos de Kim Kardashian. À force de fréquenter le bureau du principal, c'était un peu devenu sa deuxième maison ; elle avait même ses habitudes dans celui de la secrétaire.

Elle détestait ces adultes, tous plus médiocres les uns que les autres.

Elle prenait son mal en patience. Elle mettrait les voiles dès qu'elle le pourrait, elle se l'était promis. Elle stopperait les cours, elle se prendrait un appartement dans lequel elle inviterait qui elle veut sans que sa mère y trouve quelque chose à redire, elle rentrerait à l'heure qui lui chanterait, elle ferait des régimes et s'habillerait comme elle l'entendrait, elle trouverait un boulot dans la musique, elle ferait le tour du monde histoire de voir ailleurs si ça ne tourne pas plus rond. Et elle prendrait un chien. Un gros. Parce que les animaux sont plus fiables que les êtres humains.

Ceux qui l'entouraient dans cette drôle de camionnette orange pétant dont les rejets de dioxyde étaient une insulte à l'environnement avaient l'air d'en tenir une sacrée couche, eux aussi. Entre le vieux qui lui avait demandé de se planquer dans le coffre et l'espèce de cadre sup tristounet qui tenait le volant dans sa chemise mal repassée, Lola finissait par penser qu'elle avait vraiment un karma moisi. Sans parler du boloss à côté d'elle qui semblait avoir plus de cheveux que de cerveau. Aucun d'eux ne lui inspirait la moindre sympathie.

Bref, Lola avait le seum. Si elle n'avait pas décidé de combattre la consommation d'huile de palme pour protéger les orangs-outangs, elle aurait avalé de dépit un pot entier de Nutella.

À défaut de Nutella, elle saisit un paquet de cigarettes qu'elle avait caché au fond de son sac et fit rouler la pierre de son briquet entre ses doigts avant d'inspirer une bouffée de nicotine qu'elle recracha par la fenêtre.

— On ne fume pas en voiture, prononça le conducteur.

Tu m'étonnes, Ramone.

Sans répondre, Lola jeta le mégot sur la route et flanqua un nouveau chewing-gum dans sa bouche. Ses longs cheveux se balançaient autour de son visage et dissimulaient son museau boudeur.

— Tu es attachée ? demanda-t-il.

Elle retira un de ses écouteurs, tira avec vigueur sur la ceinture, puis exposa au rétroviseur le moignon de ferraille qui tenait lieu d'attache.

— C'est cassé, précisa-t-elle, laconique, en haussant les sourcils.

L'homme hocha la tête et regarda de nouveau la route. Puis il reprit, en tapant sur son volant au rythme de la musique qui sourdait des enceintes :

— Et du coup, tu as le même âge que Ludo ?

L'adolescente retira avec vigueur l'oreillette qu'elle s'était empressée de renfoncer dans son conduit auditif et, tout en mâchant la bouche ouverte, demanda :

— C'est qui Ludo ?

— Mon fils.

Nouvelle bulle à la fraise.

— Et il a quel âge ?

— Quatorze ans.

— Ah… bah ouais, du coup.

La jeune fille n'était pas bavarde. À l'instar du garçon plein de cheveux assis à côté d'elle qui n'avait pas lâché son Smartphone depuis qu'on avait quitté Montargis.

— Tu dois être contente d'aller voir ton père ?

— Mouais, bof, mon père est un con.

Lola était blasée. Elle avait autant envie de causer à ce type que de s'arracher un bras.

— Si tout va bien, on sera à Marseille demain après-midi.

Et alors ? Lola n'en avait rien à faire, elle n'avait pas l'intention d'aller à Marseille. Elle se tirerait, soit avant, soit après, dès que l'occasion se présenterait, dès qu'on s'arrêterait dans un semblant de ville.

Elle ferma les yeux et fit semblant de dormir. C'était la seule manière qu'elle avait trouvée pour qu'on lui octroie enfin un peu de tranquillité et pour que ce gars – comment s'appelait-il déjà ? Dany, Dony, Leni, Péni ? – cesse de vouloir jouer au psy.

Mais peu de temps après, elle rouvrit les paupières, alertée par les cahots du véhicule et les « Non non non » paniqués mitraillés par le conducteur.

Panne sèche. Ils étaient arrêtés au bord d'un fossé, au beau milieu de nulle part.

Le karma, décidément. Elle avait dû être une sacrée peste dans ses vies antérieures pour mériter ça.

16.

D'après les dernières indications du GPS, plus de trente kilomètres les séparaient de la première station-service ouverte, soit plus de soixante kilomètres aller-retour. La marche à pied était donc compromise. Comble de tout, il n'y avait plus le moindre réseau. Impossible, dans ces conditions, d'appeler une dépanneuse.

Tous les quatre se relayaient au bord de la route pour faire du stop depuis plus d'une heure. Pouce levé, figure avenante malgré la situation compliquée, ils faisaient tour à tour du charme aux quelques véhicules qui les dépassaient avec un entêtement et un sens de la comédie qui forçaient l'admiration.

Seul ou en équipe, les adolescents arboraient leur mine la plus joviale, tels deux angelots joufflus à qui on aurait donné le bon Dieu sans confession ; les deux adultes mettaient quant à eux leurs différends de côté le temps d'offrir leur sourire le plus affable. Avant de se remettre à râler les uns contre les autres, se renvoyant la responsabilité de cette situation édifiante, chacun blâmant l'autre de ne pas y mettre suffisamment du sien pour arranger les choses.

Ludovic reprochait à Denis de ne pas s'être arrêté plus tôt, parce que là, franchement, plus paumé comme endroit, tu meurs. « En plus, y a même pas de réseau dans ton coin pourri ! »

Denis reprochait à Ludovic de faire tout le temps la tête, ce qui aurait dissuadé n'importe qui de les embarquer en voiture.

François reprochait à Denis son manque d'imagination, d'entrain et de courage.

Denis reprochait à François d'être François.

Lola reprochait à Ludovic son look : « C'est les cheveux, les gens, y z'aiment pas, ça les angoisse. »

Ludo reprochait à Lola ses yeux trop maquillés pour être honnêtes.

En bout de chaîne et en désespoir de cause, Denis reprochait au vieux minivan de ne pas rouler à l'huile de tournesol et balançait des coups de pied – timides – dans les enjoliveurs, avant de gémir de douleur à chaque fois.

Bref, la mayonnaise montait, ça se disputait en long, en large, et en travers. Derrière la bataille de nerfs, le désenchantement associé à la fatigue gagnaient la petite troupe.

Le temps passait et Denis luttait à présent pour ne pas se laisser ensevelir par le désespoir. La vérité, c'était que chaque minute perdue l'éloignait un peu plus de Sandrine. À ce train-là, ils arriveraient six mois après son mariage. Ses épaules s'affaissèrent à cette pensée. Il avait beau s'échiner à réfléchir, aucune solution ne lui venait. Sans compter que les automobilistes se faisaient de plus en plus rares.

Il commença doucement à se résigner. Ça avait été une belle idée, on avait rêvé pendant une journée, et rêver, même si c'était pour rien, c'était toujours ça de pris, on ne pouvait pas toujours gagner, adieu Sandrine, adieu mon amour, je t'aime encore, dommage.

Il avait fait semblant d'y croire, mais c'était de toute façon une entreprise perdue d'avance. Il aurait fallu préparer, prévoir un minimum, on ne partait pas en expédition comme ça, seuls les enfants croyaient au Père Noël.

Comme il lorgnait vers le sous-bois qui longeait la nationale, il plissa les yeux, attiré par deux billes qui brillaient un peu plus loin. Une pointe d'appréhension le titilla. Et si c'était une harde de sangliers? des renards?

— Faites pas de bruit et cachez-vous, chuchota-t-il soudain en direction des trois autres qui s'occupaient comme ils pouvaient, les fesses dans l'herbe humide.

Tous roulèrent dans le fossé et retinrent leur souffle. Une biche et son faon s'approchèrent lentement, les oreilles en l'air, aux aguets. Leurs sabots claquaient avec délicatesse contre la route, les museaux reniflaient l'air, comme intrigués par l'odeur d'humain qu'ils percevaient derrière les effluves d'humus et de compost.

— Baissez-vous, les enjoignit François à son tour.

Touchés par le spectacle inattendu de cette biche et de ce jeune faon qui apprenait tout juste à marcher, ils se tapirent davantage dans les herbes hautes.

Ludo sourit à Denis dont le cœur se gonfla malgré la déception et la tristesse d'avoir échoué. Le quadragénaire songea alors que sous la touffe de cheveux de l'adolescent bougon se dissimulait encore un petit enfant prompt à s'émerveiller devant la beauté simple de deux animaux sauvages s'ébrouant dans la lumière paisible d'un coucher de soleil.

Un vacarme de moteur effraya tout à coup les deux animaux. Ils déguerpirent, chassés par la forte odeur de gasoil qui se dégageait de la camionnette qui approchait, tandis que Denis, François, Ludo et Lola se relevaient, vaguement groggy de ce moment hors du temps qu'ils venaient de partager.

Les freins hennirent. La camionnette tachetée de boue s'arrêta dans un raffut de tôle.

— Z'avez besoin d'aide ? tonna une grosse voix.

Un immense coude couvert de tatouages dépassait de la vitre ouverte. Au bout, une pogne aux ongles noirs.

17.

Pendant que Lola et Ludo s'échangeaient des regards inquiets, Denis obliqua vers la camionnette et s'immobilisa à quelques mètres. Conscient de son rôle de chef de famille, il bomba le torse et s'éclaircit la voix qui sonna pourtant bien moins fort que ce qu'il avait espéré.

— Nous sommes en panne.

— Essence ? grogna le type.

Le clair-obscur de l'habitacle empêchait Denis de distinguer le haut du visage de son interlocuteur. Le soleil en berne formait une ombre qui lui zébrait la moitié de la figure. Sur son menton, Denis crut discerner l'éclair d'une cicatrice. Une épaule massive et la moitié d'un torse étonnamment large achevaient le portrait patibulaire du nouvel arrivant. Quand l'homme ouvrit la portière, Denis réprima un mouvement de recul. Derrière lui, les trois autres, courageux, mais pas téméraires, retenaient leur souffle.

Denis leva la tête en même temps que l'homme dépliait sa carcasse. Il était gigantesque, une véritable armoire à glace. À côté, du haut de son mètre quatre-vingts pour quatre-vingt-dix kilos, Denis n'était qu'un gringalet.

L'homme souffla sur une plume accrochée à son épaule. La plume voleta sur le nez de Denis qui restait pétrifié et se mordait la langue pour ne pas éternuer. L'homme se rapprocha et fit danser son gros pouce et son gros index, recroquevillés en pince, devant son visage.

Denis blêmit à mesure que les griffes menaçantes s'approchaient de lui. Sur le point d'entrer en contact avec son épiderme, les doigts se déplièrent tout à coup. Denis poussa un cri aigu en se tassant un peu. La grosse main suspendit son geste une seconde et parut hésiter, avant de décider sans doute qu'elle se fichait royalement de la peur qu'elle instillait : alors que Denis serrait les paupières, la main prit de l'élan, et d'une petite pichenette qui contrastait avec la force dont les phalanges éléphantesques étaient sûrement capables, elle envoya valser la plume. Déboutée, celle-ci quitta le nez rond de Denis, virevolta ce qui sembla à tout le monde un temps infiniment long et atterrit sur ses baskets.

Mais, alors que Denis commençait à recouvrer une respiration régulière, une grosse chaussure se souleva en face, menaçant d'écraser sa proie et, au passage, le pied – le tout petit pied comparé au paquebot qui s'avançait en face – de Denis. Visiblement, le type avait un problème avec les plumes.

Contre toute attente, le monumental pied retomba lourdement sur le sol à quelques centimètres de celui de Denis qui sentit ses orteils se recroqueviller dans ses chaussures. Le rire gras de l'homme couvrit alors le chant des oiseaux. Un rire à la hauteur de sa stature.

Pendant qu'il riait, il envoya un grand coup dans l'épaule de Denis. Déséquilibré et vaguement désorienté, celui-ci crut bon de commencer à rire lui aussi. Doucement d'abord, puis plus fort, pour montrer combien il était en accord avec l'humour du type balèze, quitte à forcer le trait. Compte tenu du gabarit du bonhomme, mieux valait y mettre du sien.

L'homme essuya les larmes d'hilarité qui perlaient au coin de ses paupières. Son rire s'atténua. Celui de Denis aussi. Il recommença à rire.

Denis aussi, du coup. Derrière, les autres affichaient des mines perplexes.

Puis ce fut terminé. Un silence entrecoupé de reniflements s'abattit sur cette partie du monde.

— C'est une belle bête que vous avez là, entama l'homme en faisant le tour du combi. C'est un truc de collection.

La remarque vexa Denis. Collection, fallait pas exagérer, ce n'était pas si vieux, c'était toute son histoire avec Sandrine qui était contenue dans ce minivan. Ça faisait quoi ? Vingt ans ? Vingt-trois ans, neuf mois et douze jours exactement depuis leur première rencontre.

Sandrine. Il fallait faire vite, l'échéance approchait. Denis prit son courage à deux mains.

— Vous pourriez nous emmener à la station-service la plus proche ?

L'autre renifla bruyamment et s'essuya le nez du dos de la main.

— Elles sont toutes fermées dans le coin.

— Ah ? Vous êtes sûr ? Parce que le GPS, tout à l'heure, indiquait…

— Pas fiable, ces machins-là. Fermées. Toutes. Ch'uis sûr. J'vais vous tracter jusque chez moi, j'ai ce qu'il faut. Grimpez dans vot'machin, j'vais vous tirer.

D'un pas traînant, les deux adolescents regagnèrent la banquette arrière du minivan, poussés par François et Denis. La perspective de sortir de cette galère galvanisait les deux adultes. Pourtant, à l'intérieur de l'habitacle, les commentaires allaient bon train.

— On va quand même pas aller chez lui ; ce type est un malade, ça se voit tout de suite, s'emporta Lola.

— Il me rappelle ce film, là, où tous les acteurs se font découper en morceaux par un gros sadique qui les pend ensuite à des crocs de boucher. Tu te rappelles, Papi ? C'est toi qui me l'avais montré…

— Moi ? Ah non, pas du tout, mon garçon, c'est pas l'genre de la maison, tu dois te tromper, fit François en lorgnant en biais du côté de Denis qui lui jetait un regard noir. N'empêche, c'est vrai que ce gars fout les chocottes.

— Je croyais que t'avais peur de rien, toi, persifla Denis.

— Je n'ai pas peur de grand-chose. Mais j'm'attendais pas à mourir si jeune.

— Vous êtes pas jeune jeune non plus, marmonna Lola.

— Je lui dirai de te découper en premier, riposta le septuagénaire.

— De toute façon, c'est toujours les filles qui se font découper en premier, enchaîna Ludovic, goguenard.

— Non mais ça suffit ! aboya Denis. Personne ne va découper personne ! On va juste chercher de l'essence, c'est compris ?

Pendant ce temps, à l'extérieur, l'homme était plié en deux, occupé à accrocher un câble au pare-chocs du minivan. Quand il eut terminé, il grimaça un sourire aux chicots branlants et sonna le top départ. Denis boucla sa ceinture de sécurité et invita les autres passagers à faire de même.

— Peux pas, cassée, rappela Lola d'un ton indolent en haussant les sourcils.

— Trop rouillée, la ceinture de ta voiture de « collection », renchérit Ludovic.

François, lui, ne dit rien, tout occupé qu'il était à nouer en catimini le bout de la ceinture, avant que Denis s'aperçoive qu'il n'était plus exactement tel qu'il aurait dû être.

Trop tard.

— Tu l'as cassée, constata Denis, une immense lassitude au fond du ventre.

— Un peu, oui, mais pas beaucoup, répondit François, piteux, en tenant la boucle en fer dans le creux de sa main. De toute manière, on perd pas grand-chose, c'est tellement de la gnognotte, le bitoniau rentrait même pas dans le zinzin.

À ce moment-là, l'homme démarra la camionnette. Un nuage gris charbon émergea du pot d'échappement et noya les occupants du combi dans un brouillard suffocant. Des toux résonnèrent de-ci de-là, ainsi que des « Pouah », des

« C'est dégueulasse » et autre « Il aura pas besoin de nous découper vu qu'on sera tous morts asphyxiés ».

Puis la camionnette mugit et tout le monde se tut. Le câble entre les deux véhicules se tendit. Denis ne put s'empêcher de se dire que ce gars-là, dans sa camionnette, même s'il n'avait pas vraiment l'allure d'un sauveur avec ses grandes paluches et son air de stentor, avait été envoyé par la Providence. Et, quand la camionnette se cabra de quelques centimètres sous l'effort, il pensa pour la première fois depuis longtemps qu'il avait de la chance et que c'était bon, parfois, de s'en remettre à elle.

— C'est parti mon kiki…, annonça-t-il.

— Rooo, la vieille expression ! railla Lola à voix basse en allumant une cigarette.

— Pas de cig…, commença Denis.

Mais la surprise le coupa net ; la fin du mot se perdit dans le tohu-bohu.

18.

SANDRINE – 1997

Cher journal,

J'ai trouvé une clé dans une enveloppe en arrivant chez moi tout à l'heure. Avec la clé, il y avait un petit mot : « Viens habiter rue Soufflot avec moi ! » Denis a emménagé dans une chambre de bonne près du Panthéon, il y a trois mois. Depuis, je passe tous mes week-ends chez lui. Quand vient le dimanche soir, c'est compliqué de se séparer. Mais voilà, bientôt, on n'aura plus besoin de se dire au revoir et d'attendre une semaine pour nous retrouver.

Bientôt, ce sera lui et moi, pour toujours, tous les deux, vivant ensemble ! Je n'arrive pas à y croire ! Reste à convaincre les parents. Ils ne seront pas pour, sous prétexte qu'il me reste deux années d'études. Mais je sais ce que je veux et je sais que ça n'entamera en rien ma motivation, que je deviendrai infirmière que j'habite chez eux ou chez lui, que je suis faite pour ce métier, même si ça implique que je révise dans douze mètres carrés. De toute façon, qu'ils soient d'accord ou non ne changera rien, ma décision est déjà prise.

Bien sûr, il faudra que je change d'école. Celle que je fréquente actuellement est bien trop loin. Mais à cœur vaillant, rien d'impossible! Il faut vite que je me renseigne.

Et il faut vite que j'appelle Denis pour lui dire que je suis d'accord et que je prépare mes bagages!

***

Cher journal,

Ça y est, nous habitons ensemble depuis une semaine! Est-ce que ce n'est pas complètement dingue?

On sort, on rentre, on mange quand on peut (en général, c'est pizza ou burger), on fait beaucoup l'amour, on sort encore, on rigole, on joue à la Nintendo 64 (j'adore le battre à Mario Kart*), on loue des films, on fait encore beaucoup l'amour, on ne regarde pas l'heure.*

Je ne me suis jamais sentie aussi libre de ma vie. J'ai bien sûr loupé quelques cours depuis que j'ai posé mes valises rue Soufflot, mais je me garde bien de le dire à mes parents. Il faut qu'ils me fassent confiance. C'est juste le début, le temps qu'on prenne nos marques. De toute manière, Denis commence son travail demain. Donc forcément, le rythme va changer.

Il a trouvé un job dans une imprimerie. C'est la mère d'Isa qui lui a trouvé ce plan. Ce n'est pas le job de ses rêves, mais il a décidé de le prendre en attendant de trouver mieux. Il dit que maintenant que nous sommes deux, il faut qu'il soit « responsable » ! J'adore quand il dit ça, il prend l'air d'un gamin sérieux qui a surtout envie de rire.

***

Cher journal,

Six mois que nous habitons ensemble !
Six mois et je voudrais que ça dure toujours.
Bien sûr, parfois le quotidien pèse un peu et on se dispute. Mais ça ne dure jamais plus de dix minutes : il y en a toujours un qui explose de rire. On se trouve ridicules. Forcément, ça désamorce les tensions.
La semaine, il part au boulot et je vais en cours. En général, on se saute au cou le soir et on se raconte notre journée. Parfois, on va au restaurant avec nos amis ; d'autres fois, des potes viennent à la maison ; quand nous sommes trop fatigués, on se fait un plateau-télé. Et c'est rudement bien.
Denis ronfle de temps en temps. C'est quand il est épuisé et qu'il s'endort sur le dos. J'adore l'entendre ronfler. Je sais alors qu'il est bien et ça m'apaise.
J'aime nos habitudes, j'aime notre odeur sur le plaid et dans les draps, j'aime rentrer à la maison et voir ses vêtements pendouiller un peu partout, j'aime quand il me réveille doucement le matin en embrassant mon cou, j'aime l'entendre chanter sous la douche, j'aime quand nous faisons nos courses au Casino en jouant avec le Caddie, j'aime quand on se prend la tête parce qu'on n'est pas d'accord sur un film, j'aime quand on prépare

des repas ensemble, j'aime quand on ne fait rien d'autre que d'être ensemble. J'aime l'automne, l'hiver, le printemps et l'été avec Denis.

Quand je songe à mes parents, ça me fait un peu de peine. Ils sont ensemble depuis longtemps, mais j'ai l'impression qu'ils cohabitent. Quel dommage ! Sans doute ne se sont-ils jamais aimés aussi fort que nous…

19.

Tout en essayant de faire des ronds avec la fumée qu'elle expirait, Lola explosa de rire.

— J'y crois pas, le truc est tellement vieux qu'il est en train de se biodégrader.

— Y a rien de drôle, lâcha Ludovic en sortant du minivan. Et puis tu fais chier avec tes clopes ! J'ai pas envie de choper un cancer à cause de toi.

Lola fronça le nez en gonflant les joues et projeta quelques jurons qui ne passèrent pas ses lèvres.

À l'extérieur, penché les mains sur les hanches, les pieds solidement arrimés à la terre bordant la nationale, l'homme examinait l'objet chromé qui gisait sur le sol, pendant que Denis se lamentait, à coups de : « Oh non ! Non non non ! Pas ça ! » Entouré du câble qui avait causé sa perte, le pare-chocs scintillait avec insolence dans l'amorce de crépuscule.

— Non, mais regardez ce que vous avez fait !

Aussitôt après avoir prononcé ces reproches, Denis se récria :

— Euh, c'est pas exactement ce que je voulais dire…

Mais le colosse se dirigeait déjà vers lui, poings fermés, regard sombre, babines retroussées. Denis recula imperceptiblement, l'estomac en compote. Puis l'image de son ex-femme traversa son esprit, lui conférant une force qu'il ne s'était jamais connue. Aussi, quand l'homme le saisit par le colbac et planta ses prunelles dans les siennes en lui demandant de répéter ce qu'il venait de dire, Denis balbutia, prêt à parer les coups et à les rendre si nécessaire, comme il l'avait fait une vingtaine d'années plus tôt :

— Ce n'était pas une bonne idée.

Contre toute attente, l'homme lâcha le col de Denis et, au lieu de lui faire voir trente-six chandelles, lui tomba dans les bras, les épaules secouées par des sanglots aussi énormes que lui.

Coincé contre le mastodonte, Denis paraissait décidément bien minuscule. Les bras ballants, interdit, il ne savait que faire de ce grand homme éploré qui exhalait une forte odeur de sueur et de terroir et qui pleurait toutes les larmes de son corps en hoquetant qu'il était un incapable, qu'il l'avait toujours été, que tout ce qu'il entreprenait se changeait en bouse de vache, que sa maladresse faisait que les gens avaient vite fait de le considérer comme l'idiot du village, que sa copine était justement partie à cause de ça et aussi à cause de sa mère qui vivait avec eux, et que depuis, depuis c'était si dur, qu'il était vraiment désolé, que s'il pouvait, il leur en achèterait un autre, tiens, un camion de collection.

— Figurez-vous que mon fils a aussi un chagrin d'amour.

L'homme leva ses yeux mouillés vers François, puis vers Denis qui se mordit l'intérieur de la mâchoire pour ne pas rétorquer à son père d'aller se faire voir, que ce n'était pas le moment de s'épancher et de se raconter nos vies.

— C'est ma mère, intervint Ludo. On va la « reconquérir ».

L'adolescent avait prononcé ce dernier mot en mimant des guillemets. L'homme fronça le nez et se moucha bruyamment dans un antique mouchoir en coton rapiécé, avant de secouer Denis comme un prunier.

— Alors il faut absolument trouver une solution. Comme on peut pas bouger ta guimbarde, tu vas venir récupérer de quoi faire le plein chez moi. J'habite à dix bornes. On s'ra de r'tour avant la nuit. T'es pas allergique aux plumes au moins ?

Denis zieuta discrètement l'intérieur de la camionnette, pleine à ras bord de cages où s'agitaient des volatiles de toutes races.

— Bah si, justement..., commença-t-il en sentant arriver la rafale d'éternuements rien qu'à la vue des plumages.

Puis il réfléchit. Aucune alternative ne s'offrait à lui. Qui aurait-il pu envoyer à sa place ? Avec sa balourdise légendaire, François risquait d'engendrer un tsunami de catastrophes et il y avait fort à parier qu'on ne verrait pas un centilitre d'essence. Quant aux enfants, l'inconnu était peut-être un dingue, il n'allait pas risquer de les précipiter dans la gueule du loup.

— Bah alors, tu montes ? s'impatienta le type qui venait de dégager quelques cages du siège passager.

Denis grimpa à reculons dans la camionnette. Des cages sous les pieds, des cages au-dessus des têtes, des cages sur les côtés, des cages devant, des cages derrière. Bref, un amoncellement de cages, et des roucoulements, des caquètements ainsi que tout un tas d'autres cris en –ment, comme s'il en pleuvait.

— J'adore les oiseaux, expliqua l'homme dans un immense sourire en démarrant.

Denis imagina les os de poulet coincés dans les molaires cariées du géant, comme un ogre se repaîtrait de gamins et sucerait les restes de chair sur des tibias et des clavicules immaculées, luisantes de salive.

— J'aime quand ils volent, précisa-t-il. J'les achète partout, j'les embarque chez moi et pis j'les libère.

Dans la tête de Denis, l'image de la marmite gargouillant de bambins s'effaça au profit de celle d'un parc ornithologique tenu par un type un peu timbré. Mais cette jolie pensée n'eut pas le loisir de s'installer durablement : elle s'évanouit dans une salve d'atchoums.

Quinze minutes plus tard, ils arrivaient à destination.

Les jerricanes étaient remplis et avaient remplacé les cages dans la camionnette.

Denis se retrouvait attablé au milieu d'un salon rustique, décoré d'assiettes et de napperons jaunis. Un tas de gens figés en sépia sur des photos anciennes le reluquaient depuis leur cadre dévoré de poussière, d'un air méfiant ou ironique. Une odeur de renfermé pesait sur les meubles épais et sur une vieille pendule dont la trotteuse martelait chaque seconde. Toute la maison semblait battre au rythme régulier du puissant tic-tac.

Face à Denis, une vieille femme dont le dentier flottait dans un godet transparent lui lançait des œillades moelleuses auxquelles le père de famille répondait par des sourires confus. Pendant que la mère draguait, son fils gigantesque aux vêtements recouverts de plumes et d'autres substances non identifiables s'occupait de sortir trois grands verres où paradaient des Winnie l'ourson et des Porcinet écaillés. Il se mit ensuite à quatre pattes afin d'atteindre une trappe dissimulée sous une grosse armoire. Il y recueillit une bouteille pleine d'un liquide ambré où flottaient de grosses limaces.

Quand l'homme approcha la bouteille du verre le plus proche de Denis, celui-ci le recouvrit d'un geste poli agrémenté d'un mouvement de la tête de gauche à droite, arguant qu'il avait encore de la route à faire et que ce ne serait pas sérieux. Poli, il espérait que son dégoût n'était pas inscrit sur son visage.

— On refuse pas un canon chez les copains, se rembrunit le colosse.

La vieille femme édentée opina du chef et confirma à sa manière.

— 'use pas non 'pains.

— Bon, un tout petit petit, bredouilla Denis, avant d'éternuer pour la énième fois au passage d'un canard entre ses jambes.

Le visage de l'homme se barra aussitôt d'un sourire. Il versa le liquide dans le verre en assurant qu'il allait lui en dire des nouvelles, que c'était maison, qu'il n'y avait pas meilleur dans tout le patelin, une recette héritée de son arrière-arrière-grand-père.

— Pas vrai, M'man ?

Pendant que la mère corroborait d'un hochement de tête, la plus grosse des limaces glissa de la bouteille pour amerrir, plouf, dans le verre de Denis qui sentit illico une puissante nausée remonter son œsophage.

— Quand la limace passe, la poisse trépasse ! s'exclama le type en ricanant et en lui tapant dans le dos. C'est signe de chance, ça, mon gars !

Puis, soulevant son verre :

— À ta bonne femme !

— Aha onne am ! renchérit sa mère en saisissant à son tour le verre d'une poigne étonnamment vaillante.

L'homme avala le contenu d'un trait avant de faire claquer son verre sur la table en bois massif, imité par sa mère. Denis se boucha le nez mentalement et porta le verre Winnie à ses lèvres. Il crut tourner de l'œil quand le corps visqueux de la limace entra en contact avec sa bouche qu'il s'efforçait d'ouvrir le moins possible.

Pour Sandrine, se dit-il à l'instant où le breuvage brûla son système digestif.

— Un p'tit deuxième pour la route ! annonça l'homme.

— Hein ti ième oute !

« Cocoricoooo », chanta un coq perché sur le canapé.

L'estomac de Denis se souleva.

— Je ne voudrais pas abuser, tenta Denis d'une voix faible, déjà vaincu.

— Penses-tu, ça nous fait plaisir. C'est ça, les amis. Pas vrai, M'man ?

— Rrrrai !

Cinq verres et quatre limaces plus tard, Denis se leva mollement de sa chaise sur l'invitation de l'armoire à glace. Tenant debout comme il pouvait, il embrassa les deux joues sèches de la vieille femme somnolant sur la table et tituba jusqu'à la camionnette en évitant de justesse une colonie de poussins.

Bourré comme un coing, il esquissa de grands gestes à l'intention du corps de ferme qui rétrécissait dans le rétroviseur et de la guirlande d'oies qui couraient dans le sillage du véhicule en se donnant des coups de bec.

— Au revoir, mes poulettes !

Entre consternation et franche rigolade, François, Lola et Ludovic observèrent les pas chancelants de Denis. Et, alors que la nuit tombait à peine sur la campagne de Moulins, le minivan reprit du service, avec en travers du coffre, le pare-chocs chromé constellé de boue sèche, la plaque d'immatriculation déformée et plusieurs jerricanes.

François conduisait, Lola et Ludo boudaient au son de la musique diffusée dans leurs casques respectifs et Denis bullait, bienheureux et fort de ces limaces qui lui avaient promis le meilleur.

Soudain, un caquètement joyeux attira l'attention. Une poule trimballait son étonnement en explorant le coffre, sautillant nerveusement de part et d'autre du pare-chocs.

— Super ! souffla Ludo en se prenant la tête entre les mains. Comme si on n'avait pas assez d'une poule, il faut maintenant qu'on s'en tartine une deuxième !

— Tu sais ce qu'elle te dit, la poule ?

Là-dessus, Lola fit éclater une bulle tout près d'une mèche de cheveux de l'adolescent.

— Non, mais t'es vraiment dégueulasse !

— Et encore, c'est rien à côté de ce que la poule va faire sur ton jean ! répliqua-t-elle en posant le volatile sur les cuisses de Ludovic qui poussa aussitôt des cris d'orfraie.

Denis, hilare, éternua en postillonnant d'improbables jurons. Paniquée par le bruit, la poule se mit à battre frénétiquement des ailes et à caqueter avec fureur.

C'est là que le réseau téléphonique réapparut, pile au moment où Richard eut envie de se tenir au courant de l'avancée de la présentation de Patacru.

20.

Le téléphone se mit à sonner. Après plusieurs tentatives infructueuses, Denis réussit finalement à se soulever pour atteindre le portable sur lequel il était assis. À la lecture du nom qui s'afficha sur l'écran, il constata, narquois :

— C'est Richard.

— Tu devrais pas décr…

Trop tard.

— Hey! Salut toi! dit Denis en se redressant à qui mieux mieux pour se donner une contenance.

À l'autre bout du fil, Richard parut hésiter.

— Bonsoir Den… je voul… oir… 'tait… ru.

— Roooo, attends, ça capte pas bien, tangua Denis en appuyant sur des boutons au hasard et en cognant sur le micro.

— Un deux, un deux, test, un deux un deux, chantonna-t-il.

Puis :

— Tu dis quoi?

— … a… oir… uuuu… È… el…

Denis fit la moue en scrutant son portable. Il se gratta la joue et réfléchit une seconde. Il conclut que son salut se trouvait sûrement dans le haut-parleur.

— Tu m'entends ? beugla-t-il dans le micro.

— Je t'entends parfaitement bien. Et, pour info, tu viens de terrasser mon tympan.

La poule, effrayée, voleta dans l'habitacle. Plumes et caquètements pleuvaient.

— Non, mais tu es où, là ?! À la ferme ?

Les yeux de Denis roulèrent dans leurs orbites, oscillant entre étonnement et amusement. Il posa son index sur ses lèvres, histoire d'enjoindre à la poule de se taire. Mais c'était peine perdue.

— Bon, j'ai besoin de savoir où tu en es sur Patacru.

À l'arrière, Lola pouffa :

— Patacru, poil au cul.

Ludo ouvrit des yeux effarés tandis que Lola, se rendant compte que sa voix avait porté beaucoup plus loin qu'elle ne l'avait anticipé, couvrit sa bouche avec la paume sans parvenir à cesser de rire, entraînant François dans son hilarité. Denis gonfla les joues et fronça les sourcils en pivotant vers Lola, à qui il décocha finalement un clin d'œil amusé.

— Je te demande pardon ??? Qu'est ce que tu viens de dire ?

— Moi ? Je n'ai rien dit du tout. C'est Lola qui a dit : « Patacru, poil au cul. »

— Non, mais quoi ? et puis, c'est qui Lola ?

— C'est pas un mauvais slogan quand on y réfléchit bien, continua Denis d'une voix expérimentée quoique légèrement flasque. Ou alors, plus simple, plus efficace, on a : Patacru mon cul.

Un éternuement clôtura cette nouvelle idée.

Le rire contamina Ludovic à son tour. Il faut dire que la situation valait son pesant de choucroute : entre la poule, les *punchlines* insolites, les atchoums incessants et les borborygmes outrés de Richard ajoutés à la fatigue d'avoir roulé toute la journée, conserver son sérieux aurait relevé de l'exploit.

— Rappelle-moi quand tu auras recouvré ton état normal ! Ou plutôt, non, tu sais quoi ? Appelle-moi quand tu auras reçu le recommandé pour venir récupérer tes affaires ! conclut Richard en raccrochant.

Denis essuya ses paupières. De petits spasmes d'hilarité secouaient encore ses épaules par intermittence.

La bonne humeur de l'habitacle s'écroula peu à peu dans un silence mortifié, sauf pour la poule qui, elle, continuait à glousser : la nouvelle de la mise à la porte de Denis lui passait littéralement au-dessus des ailes.

Contre toute attente, Denis éclata de rire à nouveau et fracassa le mutisme qui s'était emparé de ses compagnons. Patacru, mon cul ! Comme c'était drôle ! comme c'était parfait ! comme c'était évident ! comme c'était exactement ce qu'il fallait à cette marque de flocons qui contenaient plus de plastique que de patates !

Cramponné au volant, François jeta un œil perplexe dans le rétroviseur, Lola et Ludo lui rendirent des regards incertains, tous pénétrés de la même interrogation : Denis avait-il bien compris le sens des paroles de Richard ?

Bien sûr, l'ivresse anesthésiait l'effet et modifiait les perspectives. Bien sûr. N'empêche, cette légèreté nouvelle que Denis ressentait au fond du ventre n'était pas une vue de son esprit. Que venait-il de perdre au juste ? Un bureau en forme de placard ? une poubelle en plastique scotchée et une horloge arrêtée ? une étiquette qui ne collait même plus sur la porte ? les réminiscences d'un jour où il avait été élu créatif de l'année ? les repas lyophilisés avalés sur le pouce, debout au-dessus du micro-ondes de la cafétéria pour économiser les Tickets-Restaurant ? l'estomac noué dès qu'il entendait la voix de Richard ? la gorge serrée dans les effluves d'encre, de papier et de détergent bio qu'exhalait le plancher hype des bureaux ? les horaires impossibles en échange de rien du tout ?

Oui, il avait bien compris ce que son boss venait de lui annoncer. Mais il s'en fichait. La peur du lendemain, Pôle emploi, chômage et compagnie, tout cela viendrait sans doute avec le dégrisement. Mais en attendant, il profitait de cette incroyable insouciance que jamais auparavant il n'avait expérimentée. Sandrine était au bout du chemin, le reste pouvait bien aller se faire voir.

Voilà ce qu'il se dit lorsqu'il s'assoupit, la main sur le dos de la poule qui commençait à piquer du bec sur ses cuisses.

Quand il s'éveilla, il était seul avec le volatile.

21.

Un mélange de graillon et de nettoyant à la citronnelle flottait dans le restaurant. On avait éteint le plafonnier. Seules les deux lampes du comptoir éclairaient la pièce lugubre. Les chaises étaient retournées sur les tables.

Une serveuse âgée s'activait à passer la serpillière sur le carrelage délavé, tandis que, lunettes chaussées sur le nez, la patronne étudiait sa comptabilité en maugréant dans sa barbe. Elle enjoignait régulièrement à son employée de ne pas mollir, lui désignant de temps à autre un coin sec que l'autre avait manifestement omis d'astiquer. En fond sonore, un vieux tube disco.

À leur entrée, la tenancière releva la tête et les dévisagea par-dessus ses doubles foyers. Quant à la serveuse, elle essuya son front et se cramponna à son balai, la frange frémissant sous l'action de son souffle saccadé.

Ludovic considéra la salle de restaurant. Celle-ci, ajoutée à l'accueil froid des deux femmes, ne l'inspirait pas du tout. À voir la mine boudeuse de Lola, il sut que la perspective de manger dans ce bouge n'enchantait pas non plus l'adolescente.

— Faut vraiment avoir la dalle, déplora-t-elle.

François finit par lancer un bonsoir exagérément gai. Cela eut au moins le mérite de rendre la parole à la patronne, à défaut de détendre l'atmosphère.

— Bonsoir, crissa-t-elle en enlevant ses verres cerclés de plastique écaille de tortue.

— Nous espérions dîner…

Peu impressionnée par les manières guindées de l'homme, la femme se déplia de sa chaise en soupirant et désigna une table du menton.

— Là-bas, ça ira ?

À cette heure tardive, la sympathie n'était plus au menu.

François décocha un clin d'œil aux adolescents.

— Allez vous asseoir, je vous rejoins.

La serveuse se mit alors en branle : elle traîna ses sabots fuchsia en boitillant jusqu'à l'un des murs afin d'y adosser son balai, puis elle remit d'aplomb les chaises de la table du fond, avant de dresser la nappe et les serviettes en papier assorties. Le motif fraise des bois et frises à petits cœurs offrait un contraste détonnant avec la sinistrose du restaurant.

La serveuse jeta enfin un menu taché de graisse sur la table, en leur indiquant les plats qu'on ne servait plus ; soit, à la louche, les trois quarts de la carte, ce qu'elle justifia par un laconique :

— Il est tard, le cuisinier est d'jà parti.

Quand les plats commandés – enfin, imposés – arrivèrent sur la table, Ludo héla son grand-père.

— Tu viens pas manger avec nous ?

— J'vous laisse entre jeunes, répondit-il sans se retourner.

Celui-ci s'évertuait à dérider la patronne et la serveuse. Fidèle à lui-même, il flirtait en bonne et due forme. À en croire les minauderies suaves et les simagrées dégoulinantes, cela fonctionnait parfaitement. Lola releva ses lèvres dans un rictus dégoûté.

— Dis donc, ton grand-père, c'est un sacré coureur de jupons.

— C'est de famille, répliqua Ludovic en croquant dans une frite.

— Ouais, bah faut croire que ça se déclenche sur le tard. Tiens, regarde, v'là ton vieux.

Ludo lorgna vers l'entrée. Son père se tenait dans l'encadrement de la porte, échevelé, la chemise froissée et tachée de fiente.

— Oh la vache, ça a pas l'air d'aller fort, railla Lola à voix basse en avalant une rasade de soda. Tu crois qu'il a dessaoulé ?

— J'espère.

Ludovic esquissa un geste à l'intention de son père. Celui-ci se dirigea vers la table.

— On vous sert kek'chose ? s'interposa la patronne.

Denis se passa la main sur le visage, comme pour se réveiller.

— La même chose qu'eux, ce sera parfait.

— Y a p'us d'frites ! brailla la serveuse depuis le comptoir.

— Y a p'us d'frites, répéta la patronne comme si la voix de crécelle de l'autre n'avait pas résonné assez fort.

La ressemblance frappa seulement Ludo. Il songea qu'elles devaient être sœurs, ou cousines. De la même famille en tout cas, il en aurait mis sa main à couper.

Denis passa dans le dos de François sans même lui adresser un signe. À cette vision, le cœur de Ludovic se serra. *Deux étrangers,* songea-t-il, *c'est dommage.*

La lourdeur ambiante n'entamait pas l'appétit de Lola : la jeune fille enfournait déjà la dernière bouchée de son croque-monsieur.

— Et Hector? s'enquit-elle en postillonnant quelques miettes.

Denis s'immobilisa et plissa les yeux.

— Hector?

— Bah, la poule.

Les sourcils de Ludo dessinèrent des accents circonflexes.

— Euh, c'est pas un nom chelou pour « UNE » poule?

— Genre! Comme si les filles devaient avoir des noms de filles et les mecs des noms de mecs! Alloooaa, on est au XXIe siècle, c'est fini les clichés.

Hector, pour une poule… Cette fille avait vraiment des idées biscornues. Qu'est-ce qu'il avait hâte de la débarquer à Marseille!

Ludo se détourna de Lola et suivit des yeux son père qui progressait lentement en direction des sanitaires.

Les dernières heures avaient été étonnantes. Jamais auparavant, Ludovic n'avait vu son père si gai. Depuis aussi loin que ses souvenirs remontaient, son père avait toujours été ce type lourdaud, triste, aigri et peureux, cramponné à son boulot comme une moule en décomposition amalgamée à son rocher.

Avant le départ de sa mère, son père n'était pas très présent. Après, ça avait été encore pire. Denis rentrait tard et lessivé. Combien de projets de départ en week-end prévus de longue date avaient avorté parce que Denis n'en avait ni le temps ni l'envie ? Combien de déconvenues Ludo avait-il essuyées de ne pas voir son père arriver à l'heure lors des réunions parents-professeurs ou lors des matchs qu'il disputait le vendredi soir avec son club de handball ? Oh, bien sûr, son père s'excusait, il était désolé : « Tu sais Ludo, je fais mon possible, mais ce n'est pas simple et on ne fait pas toujours ce que l'on veut. » Ludo écoutait ses excuses d'une oreille distraite, il connaissait la rengaine. Après tout, il avait ses copains, sa vie au collège, le lycée bientôt, l'horizon promesse, ce n'était pas si grave. Parfois, pourtant, l'amertume le gagnait : il repensait au couple que son père et sa mère formaient, au silence qui s'était posé sur eux avant leur séparation, si progressivement qu'il ne l'avait pas vu arriver.

Il s'était fait une promesse : jamais il ne deviendrait comme son père, il n'abandonnerait jamais ses rêves sous le rouleau compresseur de la réalité, la peur ne gouvernerait pas sa vie.

Mais il devait bien avouer que la journée qui venait de se dérouler avait fissuré l'opinion qu'il avait de Denis. Pour une fois, l'homme apeuré qui ne dormait que dans des literies synthétiques à cause de son allergie avait lâché un peu de lest. Ludo avait encore du mal à croire que son père ait pu balancer « Patacru, mon cul » à son boss.

Quand même, l'adolescent gardait un goût de gâchis immense au fond du gosier.

Son père, sa mère, gâchis.

Son père et son grand-père, gâchis aussi.

C'était tellement triste, tout ce gâchis partout qui poissait plus fort que ce sol mal rincé.

— Tu manges pas ?

Il poussa son assiette vers Lola.

— Pas très faim. T'as qu'à te servir.

L'adolescente ne se fit pas prier : elle engloutit les restes du croque-monsieur tandis que le regard de Ludovic s'attachait à suivre les pas de Denis, de retour des toilettes.

Ce dernier se laissa tomber mollement à côté de son fils.

— Bien dormi ? s'inquiéta Ludo.

Denis se massa les tempes.

— J'ai l'impression d'avoir été piétiné par un troupeau d'éléphants.

Denis envisagea le dos de François. Penché par-dessus le comptoir, celui-ci était en train d'esquisser des gestes de la main à l'adresse de la serveuse qui officiait dans la cuisine semi-ouverte.

— On ne change pas une équipe qui gagne, chuchota Denis, désabusé.

Lola fit brusquement grincer sa chaise et attrapa son sac.

— Toilettes, annonça-t-elle, en faisant glisser la bandoulière sur son épaule.

— Au bout à gauche, indiqua Denis.

— J'vais trouver.

— Faut prendre la d'xième porte, la première, elle est cassée, précisa la patronne qui avait remis le nez dans ses comptes.

Quand ils furent seuls, Ludo examina les épaules tombantes de son père. Puis celles de son grand-père, assis sur l'un des tabourets du comptoir. Penché sur son café, François touillait à présent les deux sucres qu'il venait d'y jeter et dodelinait de la tête au rythme de *Rivers of Babylon* de Boney M.

Le jeune garçon coula de nouveau son regard vers Denis, attendant en vain une réaction de sa part.

Il était certain que son père avait oublié quel jour on était.

22.

— Tu sais quel jour on est ? finit par demander Ludo à son père.

Denis mastiquait une bouchée de croque-monsieur entourée de laitue.

— Quel jour on est quoi ? répondit-il en avalant.

— J'en étais sûr, tu as oublié... C'est l'anniversaire de Papi aujourd'hui.

— Ah oui ? s'enquit Denis en reprenant une bouchée.

Ludo planta ses iris dans ceux de son père. Il insista :

— Papa, c'est son anniversaire.

Denis soutint le regard de son fils. Il sentait bien que Ludo attendait quelque chose de sa part. Il posa sa fourchette sur le côté de son assiette et s'essuya la bouche.

— Et alors ?

— Retourne-toi.

— ...

— Papa, s'il te plaît, retourne-toi.

Denis inspira bruyamment en marmonnant :

— Voilà, ça y est, je suis retourné et alors ?

Et alors, il vit la courbure des épaules affaissées de François. Le poids des années sur ce corps qu'il n'avait pas eu beaucoup l'occasion d'étreindre, un étranger presque.

Il se souvint de cet homme qui avait disparu le jour de ses 10 ans. Un anniversaire passé à attendre, ça ne s'oublie pas.

Il se souvint de cet homme, réapparu le jour de ses 30 ans comme une fleur, à l'enterrement de sa mère, demandant à son fils s'il voyait un inconvénient à ce qu'il récupère deux-trois choses dans la maison. Des objets qu'il avait revendus aussi sec.

Son père n'en était pas un. Il n'était qu'un géniteur, un organe reproducteur enrobé d'une bonne couche d'emmerdements. Impossible de l'appeler Papa, les deux syllabes n'étaient jamais parvenues à passer les lèvres de Denis depuis l'anniversaire foireux.

Trente-cinq ans après, l'eau, bien sûr, avait coulé sous les ponts. Ça ne l'empêchait pas d'entendre encore la porte claquer et les crissements de pneus sur le perron.

Pas là pour le collège, pas là pour le lycée.

Pas là pour la maladie de sa mère.

Pas là, ni pour les premiers amours ni pour les premières bagarres.

Pas là, pas là, pas là.

Pourtant.

Pourtant, quelque chose se fendilla. Denis mit quelques secondes avant de comprendre quoi.

C'était une vision poignante que cet homme courbé, vieux déjà, agitant sa tête au son d'un vieux tube. Maintenant qu'il y réfléchissait, Denis ne l'avait connu que seul. Évidemment, François était un dragueur patenté, un homme à femmes, à chaque fois qu'il faisait une incursion – catastrophique – dans la vie de Denis, il y avait une autre femme, une autre séparation. Mais au fond, que restait-il de ses conquêtes ? Elles passaient et s'envolaient comme des papillons un matin de printemps.

— Papa ?

— Mmh…

Denis pivota sur sa chaise et se repositionna face à son fils, le nez perdu dans son assiette, le regard brumeux.

— Ce serait bien qu'on marque le coup, tu crois pas ?

Denis haussa les épaules, comme un enfant boudeur qui refuse, juste pour le principe de ne pas accepter. Puis il se leva et s'approcha le plus discrètement possible de la patronne.

Elle dit non.

Il insista.

Alors elle dit oui et disparut dans la cuisine. Avant de réapparaître, en dissimulant quelque chose sous le comptoir.

Perdu dans ses pensées et sourd à ce qui se trafiquait autour de lui, François gardait les yeux rivés sur son expresso qui ne fumait plus depuis belle lurette.

— Bon anniversaire, François.

Denis tenait une assiette. Sur l'assiette, un muffin. Sur le muffin, une bougie.

Ça ne rattrapait pas l'absence et ça ne comblait pas les failles. Un muffin et une bougie n'allaient pas réconcilier un père et son fils. Mais c'était un début.

Les yeux de François se crénelèrent de rouge quand il bredouilla :

— Merci, fiston.

Denis n'aimait pas les effusions. Mal à l'aise, il invita son père à souffler et à faire un vœu.

— Depuis quand tu crois aux vœux, toi ? s'étonna François dans un sourire.

— Depuis que j'attends un miracle.

— Sandrine ?

— Sandrine, admit Denis.

Tout à coup, Ludo sortit des toilettes en trombe. Dans son sillage, un courant d'air glacial.

— Papa, Papi, on a un problème ! s'écria-t-il, alarmé.

Face aux regards interloqués, il expliqua, le souffle court :

— C'est Lola, j'crois qu'elle s'est sauvée !

23.

SANDRINE – 1998

Cher journal,

Je sais, ce n'est pas de cette manière qu'on procède. Je sais, normalement, c'est le contraire. Normalement. Est-ce que cela a un sens, d'être normal ? Qu'est-ce que ça signifie, au fond ? Être dans les clous, être dans les choux, ce n'est pas si éloigné. Je me fiche des standards, ils m'ennuient.

À vrai dire, j'y pense depuis quelques semaines. Un matin, je me suis réveillée dans la chaleur de son cou. Denis me regardait dormir de ses beaux yeux verts en me caressant le bras. C'est à ce moment-là que j'ai su. Que je voulais passer le restant de mes jours avec lui. Qu'il était mon passé, mon présent et mon avenir. L'homme de ma vie.

Qu'un jour, nous aurions des enfants. Un, deux, une ribambelle.

Que rien ne serait plus doux que me réveiller tous les matins comme ce jour-là, dans l'odeur de son corps, l'apaisement de son souffle, la douceur de son regard. Voir mon reflet dans ses yeux. Et avoir envie de me lever juste pour cette raison-là. Et sentir que le monde est à nous.

Certains font les choses en grand. Il leur faut poser LA question devant témoins, comme s'ils craignaient, au fond, que l'autre se rétracte. Alors ils balancent des « Veux-tu m'épouser ? » en famille, entre amis, préparant mille et une surprises pourvu que ce soit grandiose, sans laisser à l'être aimé la possibilité de dire « non », sans lui laisser les moyens de se désolidariser du projet. On ne refuse pas quand cinquante personnes sont pendues à nos lèvres, on ne répond pas par la négative quand une assemblée attend qu'on prononce un « oui », même tout petit, même vite fait.

Je n'ai besoin de personne d'autre que lui.

Lui et moi. Et, surtout, lui laisser le choix en lui épargnant l'embarras d'un refus face spectateurs s'il n'est pas sûr de lui, sûr de nous.

Ce soir.

Notre restaurant sera parfait, cette pizzeria à deux pas de la chambre de bonne, dans la rue Mouffetard. Comme d'habitude, nous commanderons une assiette de penne à la carbonara pour deux et nous demanderons à Luigi s'il veut bien nous mettre un tiramisu de côté.

Là, je m'en remettrai au destin.

Si Luigi annonce qu'il n'y a plus de tiramisu, je garderai la bague au fond de ma poche et ma question dans ma gorge.

Si Luigi répond, avec son accent chantant, que siiiii, bien souuuurrrr, oune tiramissssouuu per la tavola degli innamorati di Parigi, je me lancerai.
On a parfois besoin d'un signe.

***

Cher journal,

Deux andouilles dans le restaurant.
Il restait un seul tiramisu dans la vitrine. Un seul. Il était pour nous, Luigi nous l'avait promis. Quand il nous l'a apporté, j'ai sorti la boîte de mon sac, je l'ai ouverte et j'ai dit à Denis :
— Est-ce que tu serais d'accord…
Je n'ai pas pu continuer ma phrase, je tremblais trop. Denis avait l'air surpris, il a haussé les sourcils et son front s'est plissé, comme s'il réfléchissait.
Il réfléchissait…
Il n'était donc pas sûr de me vouloir à ses côtés. Je me suis sentie bête, le sol s'effondrait sous mes pieds, j'ai retenu mes sanglots. Autour de nous, les gens mangeaient, sourds et aveugles à mon cœur qui s'émiettait. J'entendais le bruit de leurs fourchettes sur la faïence des assiettes, le vacarme de leurs discussions, le tapage de leurs éclats de rire.
Pour ne pas laisser libre cours à mes larmes, j'ai pris l'une des cuillères et j'ai creusé le tiramisu. Quand j'ai mis la crème dans ma bouche, quelque chose de dur a heurté mes dents.
Une bague en or, sertie de trois petits diamants.
— Passé, présent, futur, a souri Denis.

La même intention, au même moment. J'avais eu besoin d'un signe, je ne pouvais rêver mieux que celui-ci.
La date s'est imposée : 31 juillet 1999, pile entre nos deux anniversaires. Comme un pont entre nos existences.

24.

Denis et François se précipitèrent aussitôt dans les sanitaires. Là, ils constatèrent avec consternation qu'une fenêtre était grande ouverte. Ils frissonnèrent. La faute, un peu, au froid de canard qui régnait dans les toilettes et, beaucoup plus, au fait qu'une gamine de 14 ans se baladait, seule, dans la nuit et la nature.

Les idées de Denis se mirent à caracoler. Dans sa tête, tous les scénarios défilèrent à la vitesse d'un grand huit : fugue, accident, prison pour rapt d'enfant. La panique l'envahit tout à fait quand il se rendit compte que, peu importe le sens dans lequel on prenait la situation, on était sacrément dans la choucroute.

— Je me doutais que c'était une mauvaise idée, grogna Denis.

— T'avais qu'à dire non, riposta son père qui n'en menait pas large non plus.

— Elle était déjà dans la voiture ! J'te rappelle que je n'ai pas eu le temps de dire ouf.

— Et alors, c'est pas un mal de vouloir aider son prochain, si ?

Denis fulminait.

— Son prochain ? Tu te fiches de moi ? Tu veux que je te dise, j'en ai marre de tes conquêtes ! J'en ai marre de tes idées branques ! J'en ai marre que tu foutes en l'air ma vie !

— Si j'avais pas été là, tu s'rais encore en train de t'morfondre devant ton écran pour Patatruc !

— Si t'avais pas été là, j'aurais… j'aurais… je serais déjà arrivé au mariage de Sandrine.

— Arrête, si je n'avais pas été là, tu s'rais même pas encore parti.

— Si tu n'avais pas…

— Et du coup, on s'engueule tout le long ou on cherche Lola ? coupa Ludovic.

Interdits, Denis et François échangèrent des regards penauds. Du haut de ses 14 ans, avec ses cheveux voltigeant au gré du vent froid qui s'infiltrait dans la pièce ouverte au tout venant, Ludo avait raison : il les avait pris en flagrant délit d'immaturité alors que la situation exigeait une prise de décision urgente.

Fendu au milieu, le miroir offrait un reflet en deux parties. Denis y dévisagea les traits parcheminés de son père. Dans la lumière blafarde des néons des toilettes, François était blême. Assorti à ses vêtements maculés de boue et de terre, il avait l'air d'un Monsieur Loyal tombé de son piédestal.

À bien y regarder, lui non plus n'était pas beaucoup plus présentable. À eux deux, ils faisaient une belle brochette d'imbéciles. Pour la première fois, Denis songea que, dans son genre, il ne valait pas beaucoup mieux que son père.

Alors que la mélodie punchy de *YMCA* ronronnait en sourdine dans le restaurant, la battue s'organisa. Il fallait faire vite. On convint que la patronne resterait à l'intérieur au cas où Lola déciderait de rebrousser chemin, et que la serveuse les accompagnerait : on avait besoin d'une autochtone, une personne familière des lieux.

Armée de lampes-torches, l'équipée sortit du restaurant et dépassa le minivan où la poule picorait avec insouciance ce qu'il restait du cuir des sièges.

Peu à peu, les explorateurs pénétrèrent l'obscurité végétale et s'enfoncèrent dans les sous-bois. Les branchages craquaient sous les semelles. De temps en temps, l'un d'entre eux se prenait les pieds dans une racine ou une souche d'arbre. Un juron perçait alors la nuit et ébréchait le chapelet des « Lola » qu'on égrenait de toutes les façons possibles. On donnait du « Lola » simple et efficace, du « Loooola » musical, du « Lolaaaaaa » tourmenté, du « Loulai » quand la langue fourchait et, même, du « Lalo » poussif parce qu'on commençait à s'épuiser.

Mais on avait beau la héler n'importe comment, point d'adolescente. Au bout d'une heure, le découragement commença à se faire sentir. Comment espérer retrouver une jeune fugueuse alors que l'effectif d'un bataillon entier aurait été nécessaire pour arpenter la totalité des sentiers alentour ?

Alors qu'on se résignait doucement à rebrousser chemin et à faire appel à la gendarmerie, un raffut lointain attira tout à coup l'attention. Quelque chose dans l'air… et quelques gouttes d'eau minuscules atterrirent sur les épidermes.

— C'est le barrage, commenta la serveuse en braquant la torche sous son menton.

Ainsi éclairée, elle avait vraiment l'air d'un oiseau de mauvais augure. Denis en eut la chair de poule.

Guidés par la créature au tablier framboise, ils s'approchèrent de l'immense digue artificielle. Plus ils avançaient, plus le vacarme de l'eau s'amplifiait. Ils devaient maintenant crier pour se faire entendre.

Denis vit son père s'immobiliser.

— Quoi ?

François posa le doigt sur ses lèvres avec sévérité avant de prononcer :

— Vous n'entendez pas ?

La serveuse, Ludovic et Denis secouèrent la tête. Quand, soudain, un son étrange interpella Denis. Une sorte de gargouillis. Mais, avec le tapage, impossible d'en être sûr.

— Là, vous avez entendu ?! s'agaça François.

En contrebas, une forme attira les regards. Quand Denis braqua la torche dans cette direction, son sang ne fit qu'un tour. Il s'agissait du sac en toile de Lola. Mû par une intuition désagréable, il s'élança en direction du son presque inaudible. Il dévala la pente qui menait au bassin en s'agrippant aux branchages. La lampe-torche gigotait en tous sens au bout de son bras droit. À chaque battement, son cœur manquait de crever sa poitrine. Haletant, il cria le prénom de la jeune adolescente.

25.

Lola était à quelques mètres de lui, en plein dans le faisceau de sa torche. Immergée jusqu'au cou, la jeune fille hurlait de toutes ses forces. Quelque chose semblait entraver ses mouvements. Dans le halo citron, Denis ne parvenait pas à discerner ce qui l'empêtrait.

— Lâche ! beugla-t-il depuis la rive, les mains en cornet autour de sa bouche.

Mais Lola refusait de se délester de ce poids qu'elle essayait de maintenir à flot.

Le quadragénaire se concentra sur l'objet. Il n'en crut pas ses yeux. C'était un animal. Un ours ? Un chien ! Un énorme chien !

N'écoutant que son courage, Denis se débarrassa de sa chemise et de ses chaussures en quatrième vitesse et plongea sous les cris effrayés de la serveuse et de Ludo. L'eau, terriblement froide, lui glaçait les os.

Située un peu plus haut, la chute d'eau se terminait en gros bouillons qui menaçaient d'engloutir la jeune fille.

Denis nagea aussi vite que possible, luttant chaque seconde pour ne pas être emporté par le courant. L'eau lui rentrait dans la bouche, dans le nez. Il approchait avec difficulté de Lola dont les forces s'amenuisaient visiblement. Elle ne criait plus et peinait à garder la tête hors de l'eau. Quand il sentit un rocher sous ses pieds, il y prit appui et tendit le bras.

— Donne-moi la main !

Il se rendit alors compte que l'adolescente se cramponnait à une sorte de liane épaisse. En la lâchant, elle risquait de partir avec le courant. À nouveau, il lui enjoignit de lâcher le chien, afin de dégager l'autre main. Mais Lola lui opposait un air buté en même temps qu'elle avalait des quantités astronomiques d'eau qu'elle recrachait aussitôt.

Alors il quitta l'équilibre précaire du caillou et se rua de nouveau dans les profondeurs. Jusqu'à atteindre la jeune fille qu'il enlaça de toutes ses forces. Il ne cessait de lui parler, de lui dire que tout allait bien se passer, qu'il fallait qu'elle tienne le coup, qu'elle était courageuse, que bientôt ils en riraient.

À cet instant-là, la peur n'avait plus cours. Seul comptait le sauvetage de la gamine frigorifiée et du chien qu'elle refusait d'abandonner.

Au moment où il réussit à les traîner tous deux sur le rocher, un halo de lumière tomba à côté d'eux.

— On arrive, tenez bon, beugla une voix.

Quelqu'un plongea dans l'eau bouillonnante, le corps attaché à une corde, retenu à l'autre bout par Ludovic et la serveuse rose Barbie.

C'était François, qui, grimaçant et hoquetant dans le torrent, nageait comme il pouvait. Mal. Parce que François n'aimait pas l'eau.

— Le chien d'abord, bégaya Lola quand François commença à enrouler la corde autour de sa taille.

Les forces s'unirent alors pour tirer l'immense bête quasi inconsciente sur la rive.

Puis François replongea et fit demi-tour pour aller chercher Lola.

Et, une dernière fois, pour aller récupérer Denis, au prix d'un effort surhumain.

— Merci, murmura ce dernier en reprenant son souffle quand ils arrivèrent sur le rivage. Merci beaucoup.

François sourit, le souffle court lui aussi.

— De rien, fiston.

Un quart d'heure plus tard, ils étaient assis en rang d'oignons au bord du barrage, grelottant, encore abasourdis par le drame qui avait bien failli se jouer.

Au-dessus d'eux, la lune blanche accrochée dans le ciel. De part et d'autre, des étoiles. Les arbres alentour bruissaient discrètement tandis qu'au loin résonnait l'écho de quelques oiseaux nocturnes.

Les épaules de Lola croulaient sous les vêtements dont chacun s'était départi pour la réchauffer. La jeune fille, quant à elle, frictionnait le gros chien.

C'était une sorte de grosse bête noire, à la race difficile à appréhender dans la pénombre. Lola expliqua qu'elle marchait à la lueur de son téléphone lorsqu'elle avait aperçu l'animal, pris au piège dans les flots, coincé derrière un rondin de bois. Elle n'avait pas pu se résigner à le laisser se noyer.

— Et voilà, conclut-elle avec nonchalance en lui grattant le haut du crâne, juste entre les deux oreilles.

Et voilà. Comme s'il n'y avait rien de plus normal. Comme si elle n'avait pas fait preuve d'un sang-froid exceptionnel. Comme si risquer sa vie pour sauver celle d'un autre être vivant constituait une évidence.

Quelle drôle de gosse, se dit Denis, songeant que derrière l'insupportable gamine au maquillage épais se cachait un sacré courage. Les lèvres de l'homme se courbèrent en un sourire. Celui-ci s'agrandit quand il vit son fils approcher sa main de l'animal.

Ludo avait toujours eu peur des chiens. En temps normal, il serait resté à bonne distance, *a fortiori* d'un molosse de cet acabit. Il faut croire qu'il était en confiance. Ou qu'il voulait dissimuler ses craintes à la jeune fille. Il faisait le fier, en somme. Comme Denis l'avait fait pour impressionner Sandrine au tout début de leur relation.

Indifférent à ce qui se tramait au-dessus de sa grosse tête, le chien bâilla et posa son énorme museau encore humide sur les cuisses de l'adolescente.

— Mais enfin, on n'a pas idée, qu'ek t'es partie faire toute seule à c'te heure ? questionna la serveuse.

En guise de réponse, Lola baissa la tête dans un mutisme buté et enfouit son nez dans la fourrure épaisse de la bête placide. Denis se leva pour dissiper le malaise qui était en train de s'installer.

— Bon, reste maintenant à savoir ce que nous allons bien pouvoir faire de cet animal.

Le regard suppliant de l'adolescente lui serra la gorge.

— Ah non, ce n'est même pas la peine d'y penser ! se cabra-t-il pourtant.

— Papa, s'il te plaît, dit Ludo, en s'assurant d'une œillade que Lola avait bien entendu cette plaidoirie en sa faveur.

— Un effort, Dédé… pardon… Denis…

Le chien gémit.

— Non, mais tu vas pas t'y mettre, toi aussi ! Écoutez, il y a forcément quelqu'un qui cherche cet animal, quelqu'un qui est en train de se morfondre en ce moment même, un enfant, peut-être, un tout petit enfant, triste comme pas possible au fond de son lit…

— Non, y a personne, coupa la serveuse.

— Vous m'aidez pas, là…

— Je le connais, continua la femme sans se préoccuper des récriminations de Denis, il traîne dans le coin, ça fait, ouh, j'dirais plusieurs mois. C'te pauv'bête est livrée à elle-même. Ça nous fait d'la peine, alors ça nous arrive de lui laisser à manger à côté du resto. C'est un jeune gars qui l'a abandonné. Un vrai p'tit con, si vous voulez mon avis. Il paraît qu'il l'a fait descendre du coffre de sa voiture et pof, il a redémarré. Ceux qu'ont vu la scène ont raconté qu'le chien, il avait bien essayé de courir derrière. Et pis y s'est épuisé, voilà. On a bien essayé de l'apprivoiser, mais il a jamais rien voulu entendre.

Vous pensez, avec ce que l'autre lui a fait subir, il a perdu confiance en les humains, ça, on s'rait tous pareils. Ch'uis pas sûre qu'y a grand-chose à tirer de c'te bestiole, m'enfin vous verrez bien, hein, ch'uis pas devine.

— Il a peut-être droit à une deuxième chance, le clébard, milita François à son tour.

Denis se demanda brièvement si son père ne prêchait pas un peu pour sa paroisse, avant de se concentrer sur le chien qui semblait l'implorer du regard. Un chien de cette stature, dans un tout petit combi Volkswagen en partance pour la Corse, c'était vraiment inconcevable. Non, non et non. Mais l'animal se mit à gémir de plus belle.

Denis fronça le nez : pourquoi fallait-il toujours qu'il endosse le rôle du méchant ? Il eut subitement une idée.

— Voilà ce que je vous propose. On se lève, on part d'ici et on se dirige vers le minivan. Si le chien nous suit sans qu'on l'appelle – je précise, SANS QU'AUCUN DE NOUS NE L'APPELLE AVEC N'IMPORTE QUEL SON OU SIFFLEMENT –, il pourra nous accompagner. Pas d'incitation ni de tentative de corruption. Est-ce qu'on est d'accord ?

Tous opinèrent, y compris la serveuse qui n'était pas réellement concernée. Ils se mirent ensuite debout. Lola se frotta les fesses, Ludo bougea ses doigts meurtris par la corde en grimaçant de douleur, Denis tendit la main à son père pour l'aider.

Et ils repartirent dans l'autre sens.

Derrière eux, le chien en forme de gros tas sombre hésitait.

26.

Une grosse patte après l'autre, le chien se mit en route, les suivant à bonne distance d'abord, puis s'approchant de plus en plus près à mesure que la confiance s'instaurait, pour le plus grand bonheur de Lola. Malgré la mine rétive et blasée qu'elle arborait en permanence, l'adolescente savait donc sourire.

— Pas de triche, rappela Denis à la jeune fille qui se retournait de temps à autre pour s'assurer de la présence du molosse.

Elle haussa les épaules et se composa une moue indignée.

— Non, mais n'importe quoi ! Je triche pas !

— Elle triche pas, confirma Ludovic en décochant à Lola une œillade de connivence, je la surveille.

— Il doit être couvert de puces, se morfondit Denis à voix basse. Sans compter la boue…

François gonfla ses joues et leva les yeux au ciel.

— Il a l'air sympa comme tout, ce bestiau. Tu vois toujours le mal partout.

— Et toi, tu vois jamais le mal nulle part, même quand il est devant ton nez.

— Si y a k'ça, jveux bien vous prêter l'jet d'eau de la cour, suggéra la serveuse.

— Vous feriez ça ? minauda François.

— Si ça peut aider à c'ke vous vous preniez plus le bourrichon avec vot'frangin.

— Ah, mais non, ce n'est pas mon frère ! s'insurgea Denis tandis que François souriait avec une délectation telle, que ses dents phosphoraient dans la nuit.

— Ah bah on croirait vraiment. 'scusez, hein, c'tait pas pour vous vexer.

— J'arrête pas de lui dire qu'il fait plus vieux que son âge, prononça François sur le ton de la confidence. C'est à force de se faire des nœuds à l'estomac, ça vous vieillit un homme.

— Oh bah ça, c'est sûr.

Là-dessus, le septuagénaire et la serveuse pressèrent imperceptiblement le pas. Lola et Ludo traînaient quant à eux la savate à l'arrière et calaient leur allure sur celle de la bête. Si bien que Denis marchait esseulé entre les deux groupes ainsi formés, foulant du pied la terre meuble et les feuilles mortes, scrutant les étoiles à travers la cime des arbres, manquant de trébucher plusieurs fois sur les racines, la tête remplie de pensées disparates. S'entremêlaient, en vrac, Sandrine, l'animal gigantesque, la Corse, le mariage, son indécrottable paternel, la noyade à laquelle Lola venait d'échapper, Richard, la grève, Patacru mon cul, la poule pleine de plumes et son fils qui, pour une fois, paraissait étonnamment enjoué.

Il l'entendit même glousser avec Lola. Un gloussement qui chanta aux oreilles de Denis, en même temps qu'il mettait en relief les manques et creusait un vide abyssal dans son ventre.

Depuis quand n'avait-il pas entendu rire son fils ? Depuis quand n'avait-il pas vraiment ri avec son fils ? Avec le temps, leur complicité s'était étiolée, ils avançaient à présent sur des rails parallèles, incapables de se rencontrer. Son fils qui n'avait même pas jugé utile de l'informer du mariage de Sandrine… Oh, Denis ne lui reprochait rien, il savait bien qu'il n'était pas non plus irréprochable. Il constatait seulement. Et cette constatation le navrait.

Denis fit une courte pause sous un kiosque abandonné et vérifia sa montre. Son cœur se serra davantage. Le temps filait à toute allure. Aurait-il la possibilité de parler à Sandrine ? Qu'allait-il bien pouvoir lui raconter ? Par où commencer ? Il avait tellement de choses à lui dire, tellement à expliquer, tellement à se faire pardonner. Il prit une grande inspiration pour chasser l'angoisse qui commençait à pointer et se remit en route au pas de course.

Lorsqu'il parvint près du véhicule, Denis se retourna. Le chien n'était plus là. L'animal avait donc décidé de retourner à sa vie d'ermite. C'était une sacrée bonne nouvelle, voilà déjà un problème qui n'en serait pas un. Denis pivota à nouveau et s'apprêtait à annoncer, d'une intonation qu'il espérait compatissante, que le chien avait choisi de ne pas continuer l'aventure auprès d'eux, quand son regard croisa celui du canidé. Il était là, assis devant le minivan, la langue pendante, la queue battant la poussière. Denis dut se rendre à l'évidence : le chien avait passé l'épreuve avec brio. Il abdiqua, pile au moment où Lola brandit son téléphone portable pour immortaliser sa mine déconfite et la figure goguenarde de Ludovic.

— *Cheeeeeese !*

— Non, mais c'est…

Hop, la tête décontenancée de Denis, direct sur Instagram.

— Ho là là, ces gamins, avec leur machin, y s'en payent des belles ! rigola la serveuse en touchant l'épaule de François.

— Fiston, tu devrais sourire pour voir.

Denis fit la grimace. Sourire… il en avait de bonnes, son père.

Dix minutes plus tard, à la lueur des réverbères du parking, Lola nettoyait le chien qui se laissait frotter avec une étonnante docilité. Il s'ébroua. Un arrosage en bonne et due forme pour tous ceux qui assistaient aux hostilités. Un carnage. Gravé en instantané sur le Snapchat de Lola.

Quand tout fut terminé, la fourrure du chien avait gagné en intensité et, semblait-il, en épaisseur. Si bien qu'il paraissait encore plus gros, au grand dam de Denis.

— D'après Google, ça ressemblerait à un terre-neuve, commenta Lola en pianotant sur son Smartphone.

Ludo consulta le site Internet par-dessus l'épaule de la jeune fille et persifla :

— Il paraît que les terre-neuve sont d'excellents nageurs. Didons, on dirait que t'as hérité du seul terre-neuve au monde qui sait pas nager !

Il fallait repartir. Il restait tant de kilomètres à parcourir. Après un ultime selfie en contre-plongée sur le parking jalonné de buis touffus dans des pots en terre cuite, où s'affichaient côte à côte le museau du chien, une Lola et un Ludo grimaçants à l'envi, une serveuse en rose bonbon avec un François faussement autoritaire et, en arrière-plan, un Denis accablé, Lola ouvrit le coffre.

— Hector, je te présente… euh…

— Sarah ? tenta Ludo.

— C'est un mâle…

— Et alors, la poule s'appelle bien Hector.

Lola réfléchit une seconde.

— Okay, Hector, voici Sarah. Sarah, voici Hector.

Quand le chien bondit dans le coffre, la poule sursauta et battit des ailes en caquetant furieusement. Quant au minivan, il s'abaissa de deux bons centimètres.

Le reste du voyage va être long, pensa Denis en s'asseyant derrière le volant. La grosse truffe du chien semblait lui sourire dans le rétroviseur. Avant de démarrer, il pivota vers Lola.

— Je n'ai pas besoin de fermer les portières à clé, n'est-ce pas ?

Un voile sombre couvrit brièvement la figure de l'adolescente. Elle enfouit une seconde son nez dans le cou du chien puis soupira que promis, elle n'essaierait plus de s'échapper.

— Si tout va bien, on devrait arriver à Marseille dans moins de huit heures, annonça-t-il.

— Ouais, super…

Il klaxonna et se pencha du côté de la vitre passager.

— François, on est partis !

Le septuagénaire déposa une bise sur la joue de la serveuse et bougonna :

— Oui, c'est bon, j'arrive…

Et le minivan reprit la route, sous les éternuements de Denis, les jappements joyeux de Sarah, la grêle de plumes d'Hector et les ronflements sonores de François.

Si tout va bien, on devrait arriver à Marseille dans moins de huit heures, se répéta Denis alors que le véhicule s'enfonçait dans la nuit.

Cette histoire de voyage était dingue. Ce projet était dingue. Ce qu'il vivait depuis la veille était dingue. Toute cette aventure était dingue dingue dingue.

Si tout va bien.

Il jeta un œil dans le rétroviseur. Les deux adolescents partageaient des écouteurs pour profiter de la même musique. Un léger sourire se dessina sur ses lèvres. Une confiance inédite l'envahit.

Tout ira bien.

C'était sans compter les deux hommes recroquevillés dans un fossé à une centaine de kilomètres de là, juste après Lyon.

27.

SANDRINE – 1999

Cher journal,

Ce fut un mariage simple et merveilleux. Nous avons réuni nos deux familles et nos amis. Cinquante personnes. Ce n'est pas énorme, mais nous avions choisi de n'inviter que ceux qui comptent pour de vrai. Au grand dam de mes parents qui espéraient pouvoir arroser les voisins et les voisins des voisins, les copains perdus de vue, les gens croisés un jour quelque part on ne sait plus trop où. De toute façon, nous n'avions que faire de leurs réticences. Nous tenions à payer notre mariage de bout en bout. Denis et moi, nous travaillons tous les deux désormais : je suis infirmière aux urgences de l'hôpital de la Pitié-Salpêtrière, Denis vient de changer de boulot. Il est aujourd'hui créatif dans la publicité.

Au contraire de mes parents, la mère de Denis a tout de suite accepté notre liste restreinte d'invités. C'est une femme simple, timide et pudique, voire un peu secrète. Je l'aime beaucoup, même s'il est parfois difficile de savoir ce qu'elle pense vraiment.
Nous avons loué une petite salle des fêtes en banlieue parisienne. Et nous avons dansé jusqu'au bout de la nuit. J'ai hâte que les photos soient développées. En attendant, pour nous replonger dans l'atmosphère, Denis et moi regardons en boucle la vidéo que nous avons prise avec le caméscope, même si ça bouge tellement que ça nous donne le mal de mer. On reconnaît Céline et Isa qui s'égosillent sur Les Lacs du Connemara, *moi qui me prends les pieds dans ma robe de mariée en sortant de la 4L conduite par mon père, Denis qui sourit à tout le monde, le prêtre qui n'arrête pas de renifler, ma petite cousine de 5 ans qui fait des coloriages sur la tête de son grand frère, la tante Odette qui s'est endormie sur la table après le repas, Pierre et Grégory, les copains d'école de Denis, qui me portent sur leurs épaules, l'adjoint du maire qui a oublié ses lunettes et qui n'arrive pas à lire le registre correctement, Denis qui danse n'importe comment sur du Michael Jackson, le slow, celui sur lequel il m'a chuchoté qu'il me trouvait magnifique et qu'il était le plus heureux des hommes. Ça, bien sûr, on ne l'entend pas sur la cassette vidéo, mais moi je le sais et, à chaque fois que je visionne ce passage, je sens mon cœur se gonfler. Denis aussi, d'ailleurs : il me serre la main un peu plus fort dès qu'arrive ce moment.*

***

Cher journal,

Nous venons de terminer notre déménagement. Isa, Céline, Pierre et Greg sont partis il y a deux heures. Denis dort pendant que je t'écris. Le pauvre, il est exténué. Autour de nous, il y a des cartons partout, empilés comme on a pu. C'est le bazar, mais on s'en fiche, on rangera quand on pourra, il n'y a pas d'urgence quand on est bien. C'est un deux-pièces pas très grand, mais il est parfait pour nous, la lumière y pénètre de tous les côtés. Depuis qu'on l'a visité, on l'adore. Ça ne s'explique pas, une question de feng shui sans doute.
Nous n'avons pas encore de meubles, juste un canapé Clic-Clac tout neuf sur lequel on va dormir en attendant de s'acheter ce qu'il faut.
Quand Denis l'a déplié, j'ai sauté dessus pour basculer sur le lit. C'était si drôle que Denis m'a rejointe. Nous avons inauguré notre chez-nous. Juste après, il s'est endormi.
Tout à l'heure, j'ai repéré un traiteur asiatique. Denis adore les nouilles chinoises. Je vais lui faire la surprise d'aller lui en chercher.

***

Cher journal,

Michèle, la mère de Denis, a appelé tout à l'heure. C'est son fils qui a décroché. Quand je l'ai vu s'asseoir, j'ai tout de suite compris que quelque chose n'allait pas.
Elle est malade, un cancer du sein.
Dans mon métier, je croise tous les jours des personnes à qui on annonce des catastrophes. Finalement, les drames,

c'est mon lot quotidien. On s'y fait vite. Il vaut mieux d'ailleurs, sinon on sombrerait en permanence.
La première fois que j'ai assisté à ce genre d'annonce, c'était lors de mon premier jour. J'ai failli me mettre à pleurer dans les bras d'un homme à qui on annonçait que sa femme venait de perdre ses jambes. Au lieu de ça, et pour ne pas gâcher son chagrin en le polluant du mien – après tout, je ne suis rien pour eux, il aurait été indécent que j'aie l'air aussi peinée que lui –, je suis allée m'enfermer dans les toilettes et j'ai versé des larmes pendant plus d'un quart d'heure, jusqu'à ce qu'une collègue vienne me chercher. Et puis les drames se sont succédé, à raison d'au moins un par jour, et je m'y suis habituée. L'habitude, c'est la forme que prend la carapace. C'est obligatoire quand on travaille dans un service d'urgences.
Je vois sans arrêt des destins brisés, des gens obligés tout à coup de faire face à l'impensable, des proches atterrés qui se demandent comment pallier l'absence. L'annonce d'une maladie, c'est un coup de massue sur la tête, c'est la lassitude à l'avance des traitements et des protocoles. C'est la remise en question de ce qu'on croyait acquis. La vie est fragile, elle ne tient à rien et on ne le réalise que lorsque le premier coup est donné.
La nouvelle est dure à encaisser pour Denis. Il n'est pas en forme. Je le sens en colère. Je suppose que c'est à cause de l'impuissance. Il faut qu'il digère et qu'il fasse confiance aux médecins. Le cancer du sein se soigne, le traitement sera long et fastidieux, mais il se soigne. Voilà ce que je lui répète depuis qu'il a raccroché.
Je sais bien ce qu'il pense : il n'a plus que sa mère, elle est sa seule famille depuis que son père les a abandonnés. Il

avait 10 ans, c'était le jour de son anniversaire. Quel genre d'homme peut abandonner son fils le jour de son anniversaire ?

28.

La nuit. La route se déployait, droite et imperturbable, derrière le pare-brise. Les paysages variaient sans cesse. Entre deux villages qui obligeaient Denis à ralentir et secouaient l'habitacle par le truchement de ronds-points, de dos-d'âne et de chicanes, le relief étirait ses plaines et plateaux. Çà et là, des maisons isolées et des ballots de paille formaient des taches sombres sur le décor. De la lumière jaillissait parfois des fenêtres, petits points lumineux au milieu de nulle part.

Peu à peu, l'atmosphère changea. Des câbles électriques, reliés par des poteaux en bois assortis à des bâtiments aux allures d'entrepôts indiquaient qu'on approchait de la ville. L'éclairage se fit moins parcimonieux, la circulation plus dense. Les phares zébraient le visage du conducteur et dessinaient sur sa peau des torrents rouges et jaunes.

Les autres voyageurs dormaient à poings fermés. Leurs ronflements se répondaient en une étrange cacophonie. Doux et réguliers pour Lola et Ludo qui s'étaient assoupis tête contre tête et Smartphone à la main, les écouteurs dégoulinant des oreilles ; grondeurs et trébuchants pour François et le chien.

Pour contrebalancer le concert anarchique qui se jouait dans l'habitacle, Denis tendit le bras vers l'autoradio. Il régla la musique en sourdine afin de ne pas déranger les dormeurs et se mit à chantonner en battant la mesure sur le volant.

Il détestait conduire de nuit : rouler dans l'obscurité n'était pas prudent, ce n'était pas pour rien que la majorité des accidents se produisait après minuit. Aussi, en général, évitait-il de prévoir des trajets entre le crépuscule et l'aube. Mais à cet instant, porté par de tendres souvenirs de jeunesse que la mélodie faisait rejaillir, il ressentit une impression diffuse de bien-être et de liberté.

Malgré cela, entre les émotions de la journée et l'heure tardive, la fatigue commençait à peser. L'urgence lui interdisait néanmoins de s'arrêter prendre un peu de repos. Alors, lui qui d'ordinaire ne manquait jamais de s'armer de tout un tas de précautions lâcha un peu la bride et pressa sensiblement l'accélérateur.

Les lueurs de la ville de Lyon rétrécissaient dans le rétroviseur quand, par-delà les sons assourdis de l'habitacle, il discerna le chant moyennement séduisant d'une sirène. Il dressa l'oreille. Une légère inquiétude se propagea dans ses membres et tétanisa ses doigts sur le volant en cuir.

Pourvu que ce ne soit pas la police.

Ce n'était pas la police.

C'était la gendarmerie.

Il jeta un coup d'œil au compteur du tableau de bord, réalisa avec effarement qu'il avait dépassé la limite de vitesse autorisée d'une dizaine de kilomètres heure et jeta un œil pétri d'angoisse au véhicule bleu, jaune et rouge qui le suivait, gyrophares en action.

Tandis qu'il se rabattait sur le côté, il se morigéna : comment avait-il pu se laisser aller à tant d'égarements? Trop occupé à tergiverser, il ne pensa pas à ouvrir la fenêtre.

L'un des patrouilleurs cogna alors contre la vitre. Denis tourna vivement la poignée. Qui lui resta dans la main. Il regarda l'agent d'un air contrit en lui montrant le cadavre de manivelle. Imperturbable, le gendarme braqua sa lampe-torche à l'intérieur du minivan et examina la drôle d'allure des occupants. Il fronça les sourcils.

Denis, lui, se liquéfia.

Dehors, l'autre gendarme, une femme, effectuait le tour du véhicule en prenant des notes. Son collègue, lui, s'impatientait devant la vitre désespérément close.

— Ouvrez, monsieur! tonna-t-il.

Denis s'exécuta. Il poussa timidement la portière.

— Bonsoir, monsieur, je…

— Papiers du véhicule, coupa l'homme. Permis de conduire, carte grise, assurance.

— Euh oui, bien sûr.

Tandis que Denis cherchait des documents qu'il ignorait où trouver, le gendarme continua d'explorer l'intérieur de l'habitacle et promenait son regard suspicieux sur le coffre d'où dépassait la tête de ce qu'il prit pour une grosse peluche. Il avança un peu, avant de reculer, sidéré.

— Animal sauvage ? bredouilla-t-il, déjà prêt à saisir son talkie-walkie.

Remontant de sous le siège de son père, Denis se récria en tendant la main vers le museau de Sarah pour la caresser et donner le change. Montrer, en somme, que le monstre n'en était pas un. Évidemment, il n'y parvint pas. La faute à un bras pas assez long.

— Non non, pas du tout, c'est un chien, juste un tout petit chien de rien du tout.

— Mouais, un tout petit chien... Et il est à vous ?

— Oui, presque.

Le gendarme plissa les yeux.

— Presque... Alors ? demanda-t-il à sa collègue qui revenait vers lui.

Elle plaça le bloc-notes tout près de ses yeux.

— Alors, pas de plaque minéralogique à l'avant et un phare hors service.

Dérangés par les voix et les assauts de la torche, les occupants endormis commencèrent à s'éveiller. Tout ankylosés, aucun d'eux ne semblait pour l'instant prendre la mesure du désastre judiciaire qui fondait sur eux.

Denis, lui, bouillonnait. Des papiers. Son père avait au moins une carte grise, quelque chose qui prouverait que le véhicule lui appartenait, ce n'était pas possible autrement.

Son regard croisa tout à coup la boîte à gants. Il se souvint alors du capharnaüm que son père y avait entreposé et qu'il avait entrevu au début de ce voyage de fou. S'il y avait une carte grise – ce que Denis espérait de tout son cœur –, elle était forcément là.

— François, dit-il à son père passablement endormi, j'ai besoin d'ouvrir la boîte à gants.

Tout somnolant, son père fouilla dans la poche de sa veste et en extirpa une petite clé qu'il lui tendit entre deux doigts mous. Courbé sur les genoux de François, Denis tourna la clé et sonda l'intérieur à la va-vite. Quelques courriers s'éparpillèrent sur le sol.

— T'cherches quoi ? grogna François d'une voix pâteuse.

— Carte grise.

Il referma les paupières et se cala contre l'appui-tête.

— Y a pas…

— Comment ça, y a pas ???

À ce moment-là, la poule surgit du coffre dans un tintamarre de caquetages vindicatifs. Surpris, l'agent fit un bond en arrière.

— Bon allez, ça suffit ! tempêta-t-il, la torche tremblotante au bout de son bras. Sortez du véhicule !

Denis obtempéra et posa un pied sur la chaussée, mains en l'air. Pas de papiers, pas de permis, un phare en moins et des têtes de déterrés. Tout cela leur vaudrait, au mieux, la confiscation du minivan. Au mieux. Parce qu'au pire, il leur faudrait camper à la gendarmerie une nuit ou deux, le temps que la garde à vue se termine. Adieu, Sandrine. Cette fois, c'en était vraiment fini. La gorge sèche, il se perdit en explications :

— Vous allez voir, monsieur l'agent, c'est très simple en réalité, d'une simplicité confondante même. D'ailleurs c'est très drôle quand on y pense, enfin, ça va sûrement vous faire rire…

— Y a peu de chances, le coupa l'autre en se décalant pour le laisser sortir.

— Nous avons eu un accident, le pare-chocs a été arraché et, bien sûr, la plaque d'immatriculation est dessus… Tout est dans le coff…

— Tournez-vous, dit l'autre, impassible.

Le gendarme palpa Denis, sa chemise, son pantalon.

— Comme je vous le disais, tout est dans le coffre. Quant aux papiers, vous pensez bien qu'on les a, mais il a fallu les sortir pour le constat et comme je suis très tête en l'air…

— Et alcoolisé…

— Et alcoolisé, oui, confirma-t-il instinctivement avant de se récrier… Euh non, je veux dire, pas du tout, je suis sobre, sobre comme un canard…

Sobre comme un canard… N'importe quoi, la panique lui faisait vraiment racont…

Aaaaatchoooooum !!! Aaaa… tchoum !!!

Les éternuements tombèrent en rafale sur le gendarme qui, d'un coup de manche, essuya les postillons qui avaient atterri sur son nez.

— Allez hop, contrôle d'alcoolémie.

À ce moment-là, un hurlement déchira la nuit. Il provenait de l'habitacle.

29.

Denis et le gendarme se regardèrent, interdits.

— Dites, s'enquit la gendarmette en braquant sa torche dans le minivan, la gamine, elle a pas l'air bien du tout là…

Quand Denis jeta un œil horrifié à l'arrière du véhicule, il croisa le regard amusé de Ludovic. L'adolescent haussa le menton avec un sourire de connivence imperceptible. Imperceptible pour le commun des mortels. Pas pour Denis, pas pour un père.

Denis sauta sur l'occasion.

— Eh ben voilà, j'allais vous dire qu'on se dirigeait justement vers l'hôpital, c'est une urgence, la p'tite, elle a un problème…

— Aïe, mon ventre ! beuglait Lola, les mains crispées sur son estomac. Aïe aïe aïe, j'veux pas mourir, aïe aïe aïe.

L'adolescente se mit à rouler sur la banquette comme un asticot spasmophile. Ludo donna de la voix, une voix chevrotante, paniquée, poussée à son paroxysme, oscillant entre le suraigu et le trop grave :

— Vite, Papa ! Il faut y aller ! Elle va pas tenir le coup !

— Écoutez, madame, commença François qui venait de se réveiller en sursaut, cette enfant est très mal en point, le temps nous est compté, elle pourrait bien ne pas passer la nuit si nous ne faisons pas le nécessaire.

La gendarme observa son collègue, avant de revenir à la figure blafarde de Lola dans la lueur citron de sa torche. Aux mouvements saccadés de sa bouche, Denis devina que la fonctionnaire était en plein débat intérieur.

François dut parvenir à la même conclusion puisqu'il enfonça le clou :

— Madame, je vous en prie…

De nouveau, un hurlement strident se fit entendre, assorti d'un « Papaaaaaaaa » implorant et geignard de Ludovic. Apeurés par les cris de panique ambiants, le chien et la poule mirent à leur tour leurs vocalises au service de la cause.

— Aïïïïïïïïe !

— S'il vous plaît, sauvez-la ! supplia Ludovic.

— Madame, ma petite-fille, aidez-nous à la conduire à l'hôpital, je vous en prie, je ne veux pas qu'elle meure avant moi…

La gendarme commençait à paniquer. Elle jetait des regards éperdus à son collègue. À bout de patience, elle finit par se rapprocher de lui et le prit à part pour lui chuchoter quelques mots à l'oreille. Des palabres s'engagèrent alors entre les deux agents, assourdies par les caquetages, les aboiements et les braillements.

Profitant de la pagaille, Denis reprit sa place l'air de rien derrière le volant du combi.

— On vous escorte à l'hôpital, cria finalement le gendarme pour couvrir la cacophonie.

Ils rentrèrent à l'intérieur de leur voiture, avancèrent de quelques mètres et se placèrent juste devant le minivan. La gendarme passa la tête et le bras par la vitre.

— Suivez-nous !

Dans l'habitacle du combi, l'atmosphère était retombée comme un soufflet. Plus de cri, plus de prière. Pour la forme, Lola gigotait un peu, histoire que les gendarmes continuent d'y croire encore depuis leur véhicule. Denis grimaça entre ses dents en démarrant.

— Comment se fait-il que tu n'aies même pas la carte grise ?

François haussa les épaules et, tout en se baissant pour rassembler les courriers tombés à terre et les flanquer dans la boîte à gants, maugréa contre l'administration qui empoisonnait la vie des gens avec des papiers en veux-tu en voilà.

Le minivan avalait les mètres dans un silence de mort. Tous, humains comme animaux, semblaient conscients de la situation inextricable dans laquelle leur ruse les avait projetés. D'accord, ils avaient échappé de peu à la prison et à la confiscation du combi orange. Et après ? Ils avaient gagné un répit. Rien qu'un répit. Tôt ou tard, les gendarmes se rendraient compte de la supercherie, on n'allait tout de même pas pousser le vice jusqu'à envoyer Lola au bloc opératoire.

30.

Denis se mordit l'intérieur des joues, l'esprit en ébullition. Des pour, des contre, des avantages, des inconvénients, tout était toujours affaire de balance, d'équilibre. Denis y tenait. L'équilibre, en toute circonstance, c'était la vie. Sa vie, tout du moins.

La parcimonie aussi.

La circonspection. La retenue. La sagesse. La prévoyance. Le discernement. La mesure. Tout le temps. En toutes choses.

Sa vie, donc. Enfin, jusqu'à il y a quelques heures.

Hier matin, il était encore ce cadre hors circuit, ce quadra ni trop dépressif ni pas assez, ce gars emmitouflé derrière un début de brioche abdominale, ce type un peu largué, à côté de ses pompes et de sa vie.

Est-ce que c'était réellement ce dont il avait envie ?

Il essayait de se rappeler le genre d'existence auquel il aspirait lorsqu'il était enfant. Depuis la fenêtre de sa chambre, il s'était vu pilote de ligne ou astronaute; il s'était imaginé décrocher la lune et les étoiles. Combien de fusées avait-il dessinées? Combien de maquettes d'avions de chasse en allumettes avait-il construites? Combien de morceaux de tissu avait-il transformés en montgolfière et en parachute?

Devant le minivan, un rond-point. Le véhicule de gendarmerie avait accéléré et, gyrophares retentissants, passait en force et bloquait la circulation pour que rien n'entrave la progression du combi.

Denis jeta un œil au rétroviseur. Serra les doigts sur le volant. Éternua. Puis, sans prévenir, braqua le volant dans une accélération terrible qui cloua François et les adolescents au fond de leur siège.

Malmenés par les cahots du minivan, secoués en tout sens, ils écarquillèrent les yeux, n'en revenant visiblement pas de ce que Denis était en train d'accomplir. Il filait tout bonnement à l'anglaise. D'ailleurs, lui non plus n'en reviendrait pas, plus tard. Mais pour le moment, toute son attention se focalisait sur les obstacles qui se dressaient sur le chemin. Le minivan s'engouffrait à toute berzingue entre les arbustes, les haies, les tiges de maïs hautes, les tournesols desséchés, les ballots de paille. Et voilà que le combi dévalait à présent un champ en pente. Denis donnait des coups de volant, freinant et accélérant, le front plissé par l'effort et la concentration. Son attention était si confisquée par le décor qu'il entendait à peine les cris des adolescents, où se mêlaient peur et excitation.

— Attention! Vaches droit devant! s'égosilla son fils.

Nouveau coup de volant *in extremis.* Les vaches meuglèrent sur leur passage tandis que Ludo et Lola, grisés par la vitesse, lançaient des « Ouaiiiis » et des « Oh, mais non trop pas » à tout va, et autres « La vache » très à-propos.

À côté de Denis, François, lui, s'agrippait au siège.

Cahin-caha, ils rebondirent sur un chemin de terre. Denis dressa l'oreille : notant qu'on ne distinguait plus la sirène, il appuya alors sur la pédale de frein. À l'inverse du minivan qui recouvrait progressivement une vitesse acceptable, son cœur se mit à tambouriner, comme si son corps ne réalisait que maintenant la folie qu'il avait commise. Il avait semé les gendarmes et manqué de les tuer tous. Il en tremblait.

Sur la banquette arrière, les adolescents échevelés, ébahis et hilares, dressaient le bilan de l'accident qui n'avait pas eu lieu.

— T'as vu la paille ?

— Et les fougères ?

— Et les maïs ?

— Et les tournesols, comment ils ont volé ?

— Et les bûches de bois ?

— Et la tête des vaches quand on est passés devant ?

— Ouais, trop fort !

L'énumération terminée, Ludovic leva la main vers l'adolescente en guise de *check.*

Puis vers son père.

— Au meilleur conducteur du monde !

Check Denis – Ludo.

— À la plus belle fuite du siècle ! ajouta l'adolescente en cognant à son tour la main moite de Denis.

Check Denis – Lola.

— Alors là, j'dois dire que tu m'en as bouché un coin, fiston !

Une courte hésitation.

Check Denis – François.

Lola dégaina son Smartphone. Selfie collectif. *#drôlesdetêtes.*

Les congratulations n'empêchèrent pas l'alarme de clignoter dans l'esprit de Denis. Les gendarmes avaient déjà dû diffuser leur signalement. Si on n'y prenait pas garde, la trêve risquait d'être de courte durée.

Denis commanda alors à son père de régler le GPS. Objectif des prochaines heures : longer la nationale en empruntant de petites routes de campagne où ils passeraient inaperçus jusqu'au lever du soleil.

Et s'occuper de la peinture dès que possible. Rester incognito en orange équivalait à s'étendre sur une plage en plein cagnard, vêtu de *moonboots* et d'une combinaison de ski. Niveau zéro de la discrétion.

Et effectuer tout ça en un temps record.

Parce que le sablier s'écoulait.

Dans un peu plus de vingt-quatre heures, Sandrine serait remariée.

31.

SANDRINE – 2004

Cher journal,

C'était il y a quatre mois.
J'avais préparé des penne à la carbonara et posé des chandelles sur la table.
Caché une paire de chaussettes minuscules dans la serviette repliée.
Denis est rentré de son travail, une bouteille de champagne à la main.
— C'est un grand jour, m'a-t-il annoncé en ouvrant la porte, Patacru a signé !
— Patacru, la purée ?
— Oui, ils ont adoré le spot publicitaire que je leur ai proposé. Et le plus fort, c'est qu'ils ont signé un contrat sur cinq ans ! C'est le plus gros contrat que la boîte ait jamais eu ! Tu te rends compte ?

Tout à sa joie, il m'a prise dans ses bras. Quand il a pivoté, il a vu la table, les bougies, les chaussettes qui dépassaient un peu de la serviette.
Il m'a reposée sur le sol et m'a regardée d'un drôle d'air. Je lui ai souri. Il s'est approché de la serviette.
L'a dépliée.
A eu un temps d'arrêt en voyant les petites chaussettes tomber l'une après l'autre.
Il a dit :
— Tu blagues ?
Ses fossettes, ses yeux brillants d'étonnement et d'émerveillement mêlés, ses sourcils relevés, sa voix ponctuée de silences où virevoltaient des tas de bonheurs.
J'ai mis mes mains derrière mon dos, j'ai bombé le ventre autant que j'ai pu et j'ai fait « non » de la tête. Il a souri comme un petit garçon à Noël, il m'a soulevée de terre et m'a fait tourner, tourner et tourner. La tête à l'envers, nous nous sommes écroulés sur le Clic-Clac, riant et pleurant en même temps. Cet enfant, nous l'espérions depuis si longtemps. Trois ans au moins. Nous avions presque fini par ne plus y croire.
— Garçon ou fille à ton avis ?
— Fille !
— Garçon !
— Et si on gardait la surprise ?
— C'est une idée merveilleuse.
La vie est parfois cruelle.
Cruel, ce coup de fil qui a suivi mon annonce, informant Denis que les métastases étaient en train de gagner les poumons de Michèle.
Les semaines ont passé, mon ventre s'arrondissait et l'état de ma belle-mère s'aggravait. Un jour on est là, demain non. Comprenant qu'il y avait de gros risques

que sa mère s'envole avant la naissance de notre enfant, Denis m'a demandé la permission de connaître le sexe.
— Tu comprends, c'est important qu'elle sache si elle aura un petit-fils ou une petite-fille.
— Évidemment.
Voilà, le temps nous a manqué. La vie est mal foutue. La douce et secrète Michèle s'en est allée.

Tout à l'heure, lors de l'enterrement, j'ai trouvé mon gros ventre rudement ironique, si bien que je n'osais pas m'approcher trop du cercueil. Denis pleurait. Et moi, je pleurais de le voir pleurer. Elle n'avait que lui. Il n'avait eu qu'elle jusqu'à ce que j'arrive.
Et puis, Denis l'a vu. Je ne l'imaginais pas comme ça. J'ignore d'ailleurs ce que j'imaginais. Denis l'avait trop peu évoqué pour que je m'en fasse la moindre idée. De François, je ne connaissais rien, si ce n'est qu'il est un homme à abandonner un enfant le jour de ses 10 ans, à tourner les talons sous les cotillons et les chapeaux pointus. Un type que rien ne retient. Un monstre d'égoïsme. Il se tenait à distance de la tombe, légèrement en retrait de la famille et des quelques amis venus souhaiter un bon voyage à Michèle. Un peu voûté, mais pas trop. Nonchalant et maladroit dans ses chaussures brillantes et sa veste parfaite. Une ostensible élégance qui mettait mal à l'aise.
À côté de moi, Denis s'est raidi. Il a murmuré : « Merde, un revenant. Qu'est-ce qu'il vient foutre là ? »
J'ai serré sa main dans la mienne. Qu'il sache qu'à chaque fois qu'il tomberait, je serais là pour le rattraper. Que son passé était passé, que son avenir se dessinait désormais à trois et qu'il avait la forme de mon ventre.

Leurs regards se sont croisés. À cette distance, je ne pouvais pas distinguer ce que disait celui de l'homme. En revanche, dans les yeux de mon mari, j'ai vu de la tristesse, de l'incompréhension, de la rancœur. J'ai perçu les yeux du petit d'homme de 10 ans qu'il n'a finalement jamais cessé d'être. Son père a finalement reculé jusqu'à disparaître dans une autre allée. Denis s'y attendait.
« C'était sûr, un petit tour et puis s'en va… Il se débine, c'est une habitude chez lui. »
À l'issue de la cérémonie, alors que nous nous apprêtions à passer les grilles du cimetière, quelqu'un a hélé mon époux. Une voix blanche.
— Denis…
Mon mari tremblait. Son regard avait revêtu une âcreté que je ne lui avais encore jamais connue.
— …
L'homme s'est approché. Il a voulu l'embrasser. Denis a reculé en lui opposant une poignée de main virile.
— Fiston…
— François…
— C'est ta femme ?
— Oui.
Il a bégayé :
— Et elle est enceinte… C'est merveilleux…
— On n'allait pas t'attendre…
Le ton de Denis était acide. L'homme semblait à la fois mortifié et résigné. Comme le silence s'attardait entre eux deux et que le gardien du cimetière attendait qu'on sorte pour fermer les grilles, Denis lui a demandé la raison de sa présence.

L'homme a mis les mains dans ses poches. Il a gratté le sol du bout de ses chaussures vernies et il a regardé ailleurs :

— Je voudrais… récupérer des souvenirs…

— Depuis quand tu te souviens de nous ?

— Dédé…

— Denis.

— Denis, tu es mon fils.

— Elle était ta femme et ça ne t'a pas empêché de nous rayer de la liste de tes priorités pendant vingt ans.

J'ai pris Denis à part. Le moment était au recueillement et à l'apaisement des tensions, pas au règlement de comptes. Je lui ai conseillé de laisser son père emporter ce qu'il voulait, que lui aussi avait peut-être besoin de faire son deuil, à sa manière. Que parfois, on doit accepter de laisser couler, au moins pour se protéger soi-même. « Si tu ne le fais pas pour lui, fais-le pour toi. »

Je me disais que, peut-être, une fois arrivés dans les murs de la maison où Denis avait passé ses dix premières années entouré de ses deux parents, les divisions s'aplaniraient. Peut-être était-ce là le sens du départ de Michèle ?

Parce qu'il faut toujours un sens, sinon, ça n'en vaut pas la peine. C'est ce que je me dis au travail. Un sens. Toujours.

Silence dans la voiture. Silence dans la maison où Denis s'obstinait à rester dans la cuisine.

La visite de François a été expéditive. Il a flanqué quelques objets dans une valise à roulettes comme s'il faisait ses courses. Au bout d'un moment, il a demandé à Denis s'il utilisait encore le vieux minivan qui était garé dans le garage et qu'il avait aperçu en arrivant.

Denis était excédé. Il ne supportait pas de voir son père déambuler dans la maison qu'il avait désertée ; entendre grincer les roulettes de la valise que l'autre bourrait à ras bord d'objets disparates le crispait.

Comme Denis n'en pouvait plus, et de son chagrin, et de son père qui n'en était décidément pas un, il a jeté en secouant la tête :

— Fais ce que tu veux, les clés sont sur le contact.

Puis, quand François est sorti, mon mari s'est adressé à moi, fataliste :

— On ne change pas une équipe qui gagne, pas vrai ?

Je me suis assise sur ses genoux. Je sentais les bords de la table contre la peau de mon ventre. Et notre enfant bouger au creux de moi.

— Mais ton van ? Tu y tenais tant…

— Je n'aurais pas pu le garder de toute façon, je n'aurais pas su où le garer.

Et il a ajouté, en posant sa paume contre moi afin de sentir les mouvements de celui qu'on surnomme notre ouistiti :

— Le passé, c'est le passé, pas vrai ?

32.

Une pancarte vermoulue :

« Marcelle et Victor
Tout pour votre voiture, et plus encore »

À côté de l'inscription, le dessin d'un cabriolet rutilant tombait en lambeau.

— C'est là ? demanda François, peu convaincu.

Denis avisa l'espèce de grand hangar et hocha la tête. Devant la façade, des épaves de voitures séchaient tristement au soleil, comme étonnées que leur dernier voyage se soit achevé ici. Tout autour, des taches d'huile ou d'essence, des piles de pneus usagés, des enjoliveurs tordus accolés à des pots d'échappement cabossés formaient d'étranges sépultures.

Un carillon les cueillit quand ils passèrent le seuil de l'entrée. Une odeur de plastique et de moteur flottait dans les allées vieillottes. Denis balaya les étals des yeux. À première vue, il n'y avait personne.

Quelque part, un transistor crépitait des nouvelles. Elles étaient peu reluisantes : le mouvement de grève se durcissait encore. Un journaliste crachotait dans la radio que les routiers, installés sur les autoroutes pour un mouvement qui promettait d'être long, faisaient griller des saucisses et jouaient aux cartes sur des conteneurs, tandis qu'on avait vu des cheminots tricoter ostensiblement, assis sur des sièges en toile en travers des rails. Et des éleveurs faire paître des moutons en plein Paris. Et des éboueurs organiser des apéritifs géants un peu partout en France. Et des personnels hospitaliers déguisés en Chewbacca.

Les vidéos ubuesques tournées par les touristes sidérés se partageaient en boucle sur les réseaux sociaux.

« *C'est bien simple, y a plus qu'le soleil qui bosse* », notait un homme à l'accent du Sud.

« *Qu'est-ce que vous voulez, on prend not'mal en patience*, se résignait une femme interrogée, *c'est comme un trèèèès long premier mai, quoi.* »

Un journaliste commenta : « *C'est une situation tout à fait inédite à laquelle notre pays est confronté. De nombreuses grandes enseignes ont en effet choisi de ne pas lever le rideau ce matin. Entre les employés qui ne peuvent rejoindre leur lieu de travail, par manque d'essence ou de transport, et les clients qui, pour les mêmes raisons, rechignent à venir faire leurs achats, plusieurs directeurs de grandes surfaces nous ont confié, sous couvert d'anonymat, qu'ils perdraient de l'argent à s'obstiner à ouvrir à tout prix. Si bien que seuls subsistent les petits commerçants de quartier, ces entreprises familiales qui font, à présent, office de villages gaulois.* »

« *Cette grève doit cesser immédiatement. Il est insupportable que les gens soient pris en otage de cette manière* » s'indigna le dirigeant d'une start-up dédiée au covoiturage, au micro de la reporter.

« *Pourtant, la semaine dernière, vous étiez plutôt favorable à ce mouvement. Que s'est-il passé depuis pour que vous ayez changé d'avis ?* » feignit-elle de s'étonner.

— Y ssss' passe qu'y a pus d'essence, eh patate ! rouspéta une voix provenant du fond du magasin. Pus d'essence, pus de pognon ! Forcément qu'il a les boules, tiens ! Faut qu'y se recycle dans la bicyclette, le bonhomme !

François et Denis échangèrent un regard et se décalèrent d'un mètre. Là, ils aperçurent un dos occupé à garnir un réfrigérateur de canettes et de bouteille d'eau.

Le marchand commentait à présent le relevé météo qui annonçait un temps radieux.

— Trente-cinq degrés en plein mois de mai, jamais vu un machin pareil, salop'rie de réchauffement clima…

Denis et François déambulèrent dans les travées du magasin, à la recherche de pinceaux, de peinture, de chiffres, de lettres et de plaques minéralogiques vierges. Cette idée avait été soufflée par François. « Quitte à y aller, autant y aller franchement », avait-il argué.

Ils se séparèrent.

Et se retrouvèrent près de la caisse derrière laquelle une femme était apparue. Denis avait dégoté le kit parfait de création de plaque d'immatriculation. Quant à François, il avait les bras pleins de rouleaux, de pots de peinture dépareillés et de bombes pailletées.

— Mais enfin, on va avoir l'air de quoi avec toutes ces couleurs ? s'étrangla Denis à voix basse afin de ne pas attirer l'attention. Je sais pas moi, y a pas du gris ? du noir ? Une couleur normale quoi !

— Ben non, figure-toi, y a pas, y a pas, qu'est-ce que tu veux que j'te dise !

— Chuuuuut !

La vendeuse leva des yeux soupçonneux vers les deux hommes qui pivotèrent derechef pour se trouver dos à elle.

— Je te rappelle qu'on s'était mis d'accord sur la DISCRÉTION.

— DISCRÉTION, ça veut pas dire corbillard.

— Pfff…

— Allez, fais pas la tronche, tu verras comme ils vont être contents les gosses, avec les paillettes.

— Depuis quand tu y connais quelque chose aux enfants ? bougonna Denis.

— Et voilà, ça r'commence. Tu peux vraiment pas t'en empêcher, hein ?

— De quoi ?

— De me faire payer que j'ai pas été là ? Tu vas m'en vouloir encore combien de temps au juste ?

— Jusqu'à…

— Dites, messieurs, vous voulez payer ou non ?

Ils se retournèrent aussitôt sur la femme qui en avait ras la casquette de prendre son mal en patience, et déposèrent les marchandises sur le tapis roulant, un sourire contrit sur le visage. La caissière scruta les articles, zieuta les visages, souleva une bombe de peinture, s'éternisa sur la plaque vierge, pénétra les pupilles tremblotantes de Denis qui commençait à sentir la sueur dégouliner entre ses omoplates, soupesa la clé à molette, lorgna en direction de François qui avait clairement choisi la tactique du sourire mielleux et revint au quadragénaire liquéfié.

— Ce sera tout? s'enquit-elle d'un ton inquisiteur.

Denis hocha le menton et déglutit. Sa salive avait la consistance du carton.

— Il nous faudrait de l'eau aussi, reprit François.

— Combien?

Denis regarda son père avec inquiétude quand il prononça :

— Quarante?

Il haussa les sourcils en signe d'impuissance pendant qu'elle ouvrait des yeux ronds.

— Pour Sarah, justifia-t-il. Avec cette chaleur, elle tiendra pas l'coup dans l'coffre.

Tout comme ceux de Denis, les yeux de la caissière s'agrandirent encore. Puis elle articula :

— Bougez pas.

Elle décrocha le téléphone fixe qui jouxtait la caisse tout en les surveillant du coin de l'œil.

Cette fois, c'est cuit, pensa Denis. Elle allait appeler la police, la garde républicaine, le RAID, le GIGN, ils finiraient au trou, sur un bûcher, Ludo serait placé dans une famille d'accueil.

— Y te reste de la flotte derrière?

— Et une cuvette? ajouta François qui, conforme à lui-même, ne semblait pas prendre la mesure de la situation.

— Et une cuvette? répéta la femme dans le combiné.

Elle raccrocha.

— Attendez, ça arrive.

Bip. Bip. Bip. Chaque seconde s'égrenait au rythme des articles scannés.

Tout à coup, on entendit une voiture s'arrêter.

Un grand échalas entra. Vêtu d'un uniforme et d'un képi. Denis arrêta de respirer. Sa cage thoracique était sur le point d'imploser. Il s'apprêtait à tendre ses poignets en direction des menottes lorsqu'il vit l'homme passer derrière la caisse pour claquer une bise sur la joue molle de la femme.

— T'as fait vite, didons.

— Pas le choix, je prends mon service dans une demi-heure.

— T'as rapporté l'eau et le saladier ?

— Oui, tout est dehors.

— Dis bonjour à ton père.

— Il est où ?

— La tête dans l'frigo, comme toujours depuis qu'y s'est mis à faire chaud. Il arrête pas de faire semblant de remettre des canettes. Y supporte pas la chaleur. Et avec l'âge, ça s'arrange vraiment pas.

— Bonjour, P'pa ! beugla le jeune agent à travers le magasin.

— 'jour, mon grand ! répondit l'homme, au loin.

S'adressant à sa mère :

— Bon allez, je me sauve.

Puis il bomba le torse, en ajoutant :

— Il paraît qu'il y a deux gars, deux mioches, un ours et une poule qui se baladent dans la nature en camionnette. Délit de fuite cette nuit. Y seraient super dangereux d'après ce qui se dit. Des kamikazes. Capables de tout. Ils ont voulu buter des vaches. Du lourd quoi. Je crois que c'est des allumés, ça va sûrement être dangereux. Ouais, très très dangereux.

Une pause.

— Ouais, soupira-t-il en regardant droit devant lui, comme un soldat sur le point de partir au front qui se sentirait soudain pousser des ailes. Faut bien qu'on protège les gens, hein.

Denis était au plus mal. Tous les gendarmes de France et de Navarre étaient donc à leurs trousses.

Le type parti, la femme proposa d'accompagner Denis et François dehors pour les aider à rassembler les bouteilles d'eau que le fils avait abandonnées sur le perron.

— Non non, ça ira, se récria Denis avec fébrilité, pressé d'en finir.

Indifférente à la mine déconfite qu'il arborait, elle insista :

— Vous êtes garés où ?

— Là, juste derrière, déglutit François.

Sans demander son reste, elle leur emboîta le pas. Et marqua un temps d'arrêt devant le minivan. Un temps aux allures d'éternité.

— Marceeeeellllll ! beugla-t-elle tout à coup.

Surpris par le cri rauque de la femme, les oiseaux cessèrent de chanter. François était blême, Denis blafard. Pour une fois, ils tombaient d'accord : c'était une apostrophe aux allures de condamnation.

33.

Comme aucune réponse ne lui parvenait, elle vociféra de plus belle :

— Maaaaarceeeeeeeeellllllll !

Le Marcel en question fit son apparition. Crâne brillant sous le soleil de plomb, cou déjà luisant en prévision des efforts à venir, il trimballa sa nonchalance jusqu'à eux.

— Aide-les à charger les packs d'eau que ton fils a laissés devant la boutique !

Quoi ? c'était tout ? Pas de fourgons blindés ? pas d'hélicoptères ? La femme pouvait-elle ne rien avoir deviné ?

C'était impossible, une équipée comme la leur, ça ne courait quand même pas les rues. Mais la femme ne mouftait pas : impossible, donc, de déduire quoi que ce soit. Peut-être s'empresserait-elle d'appeler son fils dès qu'ils se seraient éloignés…

Alors qu'ils reprenaient place dans le combi, la femme susurra à Denis qui transpirait à grosses gouttes :

— Y a un petit coin à deux kilomètres d'ici où vous seriez tranquilles pour faire vos p'tites affaires. J'dis ça, j'dis rien.

Denis l'entendit rire dans sa barbe alors qu'elle retournait vaquer à ses occupations. Prendre un chien pour un ours, quel grand dadais ce couillon, c'était bien le fils au Marcel !

Ils trouvèrent l'endroit sans difficulté. Le lieu indiqué par la femme était une clairière ceinte de grands bosquets qui la rendaient invisible depuis la route, sorte d'aire de repos bucolique où s'égosillaient des moineaux et des rossignols. Les arbres étaient en fleurs, les buissons touffus. Il n'y avait personne en vue. C'était l'idéal. L'opération camouflage pouvait commencer.

On déballa les rouleaux, les pots de peinture chamarrée et les bombes à paillettes. D'abord dubitatifs, Lola et Ludo se proposèrent de se charger entièrement de la rénovation.

— Faites marcher vot'créativité, les jeunes !

Ils n'en revenaient pas, on leur donnait carte blanche. Enfin, François leur donnait carte blanche.

Parce que Denis, lui, se montrait autrement plus circonspect. Voir le véhicule de son histoire avec Sandrine ainsi défiguré lui serrait le cœur. Il avait l'impression qu'on gommait ses souvenirs pour les remplacer par de plus chatoyants. Sa jeunesse et son amour se noyaient dans la peinture verte. Il versa de l'eau au chien et à la poule, s'assura de leur hydratation et s'éloigna, triste comme un caillou, une bouteille d'eau minérale à la main. Il s'adossa à un arbre et croisa les jambes. Il avait besoin de réfléchir, de faire le point.

Il fut bientôt rejoint par son père. François se plaça près de son fils. Adossé au même arbre, une bouteille identique dans la main. Le temps s'étira dans un silence gêné. Ils n'avaient pas l'habitude d'être ensemble, seuls.

Denis observait Ludovic qui, à présent que le combi était repeint, discutait avec Lola en attendant que ça sèche. De là où il se trouvait, Denis ne pouvait rien distinguer de ce qu'ils se disaient. Mais, si on en croyait les traits de leur visage, ça avait l'air à la fois drôle et triste, grave et léger, comme on sait le faire à cet âge.

Comme on ne sait le faire qu'à cet âge, se reprit Denis.

Là-bas, les adolescents déambulaient lentement, le chien sur les talons, traînant les pieds, se poussant de l'épaule ou du coude, se cherchant sans cesse. Puis ils s'assirent en tailleur l'un en face de l'autre. L'animal se posta, solennel, à un mètre d'eux, comme un gardien s'assurant que personne ne viendrait déranger la scène.

L'herbe ondula sous la brise légère. Le vent fit tomber une feuille sur les cheveux de la jeune fille. Ludo entreprit de la retirer. Lola aussi. Et leurs doigts se rencontrèrent, avant de se carapater sous l'impulsion de leur timidité. Les jeunes gens rirent, chacun évitant les yeux de l'autre. Quand les regards se croisèrent, ils se turent. C'est elle qui se remit à rire en premier. Il suivit. Elle rougit un peu. Lui aussi.

Denis avala une gorgée d'eau. Il avait le sentiment d'assister à une naissance. Face aux sentiments de son fils, il se sentait aussi démuni que lorsque Ludovic avait vu le jour. Un bébé rose, minuscule, s'endormant avec confiance dans ses grands bras d'homme.

Son enfant, son inconnu, était en train de tomber amoureux.

— C'est un bon p'tit gars, bredouilla tout à coup François.

Denis se tourna légèrement vers son père. Il se rendit compte que ses paupières tombantes s'étaient crénelées de rouge. Perturbé, Denis ne s'attarda pas et détourna les yeux en avalant une nouvelle rasade d'eau.

La confiance, donc.

La confiance de ce petit bonhomme potelé d'à peine 15 mois quand il s'élançait, certain que son père le rattraperait s'il venait à tomber.

La confiance de l'enfant de 5 ans quand il racontait à tout le monde que Denis était un super-héros, fier comme un paon de déclamer les slogans que son père inventait et qui passaient à la télévision.

La confiance de l'enfant de 10 ans qui regardait sa mère faire ses valises, la menotte dans la main de son père.

Mais la confiance s'était rompue. Les années avaient passé, Denis et son fils ne parlaient plus la même langue. La preuve, le mariage de Sandrine. Ludo n'avait pas même jugé utile de lui en parler. Peut-être même avait-il oublié. Après tout, la famille, à cet âge, ça ne représente rien du tout à côté des compétitions de jeux vidéo et des copains.

— Ouais, c'est un super gamin, convint Denis dans un soupir rempli d'émotion.

— Ils ont l'air de bien s'entendre.

— Ils ont l'air, oui…

— Qui sait, ils vont peut-être faire leur vie ensemble.

— On n'en est pas encore là, Dieu merci.

Les piaillements des oiseaux reprirent toute la place. Les rayons du soleil caressaient les cheveux des adolescents. Leurs ombres se confondaient. Le chien s'était allongé, juste à côté de la poule qui picorait l'herbe.

— Je sais que j'ai pas toujours été un bon père…

La phrase tomba sur Denis comme une chape de plomb. Il appuya sa tête contre le tronc d'arbre et sentit les aspérités de l'écorce chatouiller la peau de son crâne.

— C'est le moins qu'on puisse dire, trancha-t-il. Mais ce qui est fait est fait, on ne refera pas l'histoire.

— Ce que j'veux dire, c'est qu'on n'est pas forcés de tous faire les mêmes erreurs.

Denis observa un silence froid, c'était quand même un comble que François lui fasse la morale.

— Ton fils t'aime, reprit François.

— Au point de me cacher le mariage de Sandrine.

— Au point de te protéger suffisamment en se privant d'y assister lui-même. Pourquoi crois-tu qu'il n'est pas en Corse à l'heure qu'il est, au milieu des préparatifs ? Tu penses sincèrement qu'il préférait rester à Paris ? Si c'est ce que tu crois, c'est que t'es encore plus stupide que moi.

Denis leva un regard ahuri sur son père qui finissait de vider les dernières gouttes de sa bouteille.

— Je pensais que c'était pour ne pas rater son tournoi de jeux en ligne, avoua Denis, penaud.

— Et comment t'expliques du coup qu'il soit là, dans cette galère, au lieu de jouer ?

Denis haussa les épaules. Son père avait raison, comment avait-il pu se fourvoyer à ce point ? Ludo n'était pas l'adolescent égoïste qu'il donnait à voir. En revanche, lui était un sombre crétin.

— Regarde comme il est heureux d'être là, continua François. D'être là, avec toi.

Denis contempla à nouveau les approches tout en retenue des deux adolescents, à une vingtaine de mètres de là. Il s'attarda sur les yeux rieurs, les joues roses, les cheveux longs qui se confondaient. La prise de conscience était douloureuse : il avait oublié son fils en cours de route, quelque part entre son métier et son divorce. Lui qui s'était promis d'être un père exemplaire, d'être celui que lui-même n'avait jamais eu, il avait tout raté dans les grandes largeurs.

Il vit les adolescents se lever et obliquer vers les fourrés. Denis voulut leur rappeler de ne pas s'éloigner. François l'en empêcha dans un sourire :

— Laisse-les, va. Ils risquent rien, ils ont un ours et une poule hystérique avec eux.

Les deux hommes s'allongèrent côte à côte et fermèrent les yeux, une pâquerette entre les lèvres.

On pouvait bien s'accorder un peu de repos avant de repartir.

Un peu de repos avant la catastrophe.

34.

SANDRINE – 2004

Cher journal,

Un miracle est arrivé. Braillard, rose, des petits doigts recroquevillés sur les nôtres, des pieds minuscules, une bouche si jolie qu'on dirait un bonbon.
Un miracle est arrivé cette nuit. Il pèse 3 kg 125 ; c'est écrit sur le carton accroché au bout du berceau et sur le petit bracelet en plastique qui orne son tout petit poignet.
Un miracle est arrivé cette nuit et, jusqu'au tout dernier moment, je n'arrivais pas à croire réellement que mon corps, que nos deux corps, aient été capables de produire cette magie-là.
Notre magie s'appelle Ludovic. Il cherche son pouce sans jamais parvenir à le trouver, il porte une grenouillère verte avec un girafon rigolo, un bonnet en coton assorti qui dissimule ses cheveux très bruns. Une vache en

coton toute plate le veille. Elle est juste à côté de lui, un peu loin quand même pour ne pas qu'il s'étouffe. On l'a appelée Doudou, parce qu'avec toutes ces émotions, on manque un peu d'imagination.
Il s'appelle Ludovic, et Denis lui a donné son premier bain il y a une heure, sous l'œil vigilant de la sage-femme. Mon mari est d'habitude un peu maladroit, mais je dois avouer qu'il ne s'en est pas trop mal sorti. Tout du long, il a tiré la langue comme un gamin concentré. C'était drôle.
Ils sont là, près de moi. Denis s'est endormi dans le fauteuil. Ludovic s'est endormi sur l'épaule de Denis. Mon fils sur mon époux, sa toute petite tête sur le large torse de son père. Ils sont beaux à voir. La télévision allumée en fond sonore couvre les bruits extérieurs, ceux des autres familles et des autres nouveau-nés. Nous, nous sommes dans une bulle. Denis ronfle doucement, petit Ludovic respire imperceptiblement. Je n'arrête pas de prendre des photos. Graver, pour que ça dure toujours.

***

2005

Cher journal,

Ludo a fait ses premiers pas aujourd'hui. Il est tombé dans les bras de Denis après plus d'un mètre. Il n'a pas pleuré, il a explosé de rire en rebondissant sur sa couche, tout étonné de se retrouver sur les fesses. Notre petit bonhomme marche comme un grand. J'étais si émue que j'ai failli pleurer.

Denis est un papa formidable, je ne me lasse pas de les voir s'amuser ensemble. Ils dansent, ils rigolent, Ludo essaie de répéter les mots de Denis, et puis c'est Denis qui essaie de répéter les syllabes de notre fils. Du coup, c'est souvent n'importe quoi, mais c'est tellement drôle.

Et toujours, Denis filme. Il a d'ailleurs acheté une caméra dernier cri. Hier, il l'a inaugurée avec Ludo qui badigeonnait ses cheveux de compote. Un vrai carnage.

De mon côté, j'ai repris le travail il y a trois mois. J'ai quitté l'hôpital pour pouvoir me caler sur les horaires de notre enfant. J'ai intégré un cabinet et je suis désormais infirmière à domicile.

C'est un peu difficile. Le matin, surtout. Denis et moi, on s'embrasse. Denis embrasse Ludo. Et hop, direction la crèche où il faut laisser notre fils. Puis les occupations s'enchaînent. Et déjà, nous sommes le soir. Je rentre chez nous comme dans un cocon. Denis ou moi donnons le bain à Ludo, nous le couchons (il y a tout un rituel, avec des chants, une histoire, de la musique, le mobile, les bisous sur les paupières), nous préparons le dîner, nous mangeons, Denis ouvre le Clic-Clac que nous avons retrouvé depuis que nous avons émigré dans le salon pour laisser notre chambre à Ludo, et je me roule dessus comme une mioche. Je m'endors dans les bras de Denis. Il est solide, il est mon pilier, mon temple. Et le réveil sonne. M'extirpe de mes rêves. Et c'est reparti, déjà.

J'attends le week-end avec impatience. Pour être auprès d'eux. Samedi, nous irons au parc. J'aimerais un autre enfant. Nous sommes si heureux à trois, nous pourrions l'être à quatre. Une petite fille, ce serait

magnifique. Ou un petit garçon. Et Ludo, en grand frère…
Ce matin, un mail a informé Denis qu'il était nominé pour être le créatif de l'année. Sa carrière s'envole. Tant de bonheur, nous devons être bénis, c'est impossible autrement !

35.

La route déroulait son ruban d'asphalte sous un ciel bleu azur. Les roues avalaient les kilomètres.

Les trois vitres ouvertes faisaient des courants d'air. Les cheveux – ou les poils, ou les plumes, c'était selon – volaient dans tous les sens, tout comme la bonne humeur qui semblait cette fois avoir raflé la mise. Un air de vacances soufflait sur le combi.

Un combi désormais bleu, jaune et vert, aux enjoliveurs recouverts de paillettes et à la plaque minéralogique chamboulée : le 6 s'était mué en 9, le M en W, un 2 et un 8 s'étaient invités, et on avait ajouté un écusson breton. L'illusion était parfaite. Sur les flancs du véhicule, Lola avait essayé de peindre une tête de chat. Essayé. Mais personne ne lui avait tenu rigueur du résultat. Malgré les chats tordus et la peinture très moche, tous avaient décidé d'être positifs.

Pour économiser les batteries des téléphones en berne, ils gagnaient le Sud à l'ancienne, en se laissant guider par les seuls panneaux.

À l'ancienne aussi, la musique qui vibrait dans les enceintes. Ambiance *nineties* garantie. Le son poussé à fond dans l'habitacle, la cassette dans l'autoradio jouait les plus grands tubes des premières années du couple de Sandrine et Denis. *Je danse le Mia* d'IAM, *Le Chat* de Pow Wow, la *Macarena* de Los del Río, *Aïcha* de Khaled, *Ironic* d'Alanis Morissette ou encore *J't'emmène au vent* de Louise Attaque contrebalançaient les mélodies sirupeuses de *Hero* de Mariah Carey, *Pour que tu m'aimes encore* de Céline Dion ou *Should I leave* de David Charvet.

Lola et Ludo battaient la mesure en raillant les mouvements saccadés de la nuque des adultes de devant et leur sens du rythme calamiteux. Les vieux avaient tellement des gestes de vieux ! François tanguait sur son fauteuil en tapotant sur la boîte à gants. Denis, lui, chantait à tue-tête derrière son volant.

Puis Ludo cessa de se dandiner. Lola s'inquiéta de sa mine soudain pensive.

— Quoi ?

— Non, non, rien…

Rien. À part le fait que c'était la toute première fois que Ludo entendait son père chanter. Constater que son paternel s'amusait lui faisait un drôle d'effet.

Dehors, le paysage changeait sensiblement, la végétation devenait plus sèche, les habitations plus colorées. Si les maisons avaient pu parler, sûr qu'on aurait entendu sautiller leur accent.

Ludovic songea que finalement, les choses ne s'étaient pas si mal déroulées. Il avait rencontré une fille géniale. Et jolie. Et courageuse. Et vachement mature pour son âge. Et fun. Et son chien était trop fort. Bref, peu importait l'issue de ce voyage, au fond, entre son père qui reprenait goût à la vie et sa petite copine, il avait déjà quasiment tout gagné.

Un peu plus tôt, alors qu'ils s'étaient mis à l'abri dans les fourrés pour se cacher des regards indiscrets, Lola l'avait embrassé sans prévenir. Elle s'était subitement mise sur la pointe des pieds et avait collé sa bouche contre la sienne. Ça avait été étrange. Et puis doux. Et puis vraiment bien. Les lèvres tièdes de la jeune fille avaient un goût de chewing-gum à la fraise, sa langue une texture moelleuse et réconfortante. Il avait fermé les yeux. Un premier baiser qui tournait en boucle dans sa mémoire, tout comme sa langue à lui qu'il s'était évertué à balancer dans un sens, puis dans l'autre, pas certain d'avoir le bon mode d'emploi. Mais Lola ne lui avait pas tenu rigueur de son amateurisme, elle qui, selon ses dires, avait déjà embrassé plusieurs garçons avant lui. En fait, elle avait même paru apprécier. Elle avait souri et, dans son sourire, il avait vu briller des étoiles. C'était grâce aux scintillements qu'il s'était rendu compte qu'il ne s'était pas trop mal débrouillé. Il s'était senti sacrément fier.

Depuis qu'ils étaient sortis des bosquets, il se demandait si elle aussi avait des Chamallows dans le ventre. Évidemment, il se gardait bien de lui poser la question. La pudeur, à 14 ans, est plus infranchissable que la Muraille de Chine.

Fallait-il donc qu'il soit chamboulé pour ne pas s'offusquer que son téléphone n'ait plus de batterie… En d'autres circonstances, il aurait fait des pieds et des mains pour trouver une prise de courant, il aurait sûrement boudé jusqu'à ce qu'on daigne lui trouver un peu d'électricité. Mais pas là. Là, il s'en fichait bien de son téléphone.

Il grimaçait face à l'objectif de Lola. Par chance, sa batterie à elle n'avait pas encore complètement rendu l'âme. La jeune fille prenait des photos en cascade et réalisait des vidéos qu'elle postait sur les réseaux, assorties de légendes telles que *#happytime*, *#tropdebonheur*, *#meandmylove*, *#aventure*, ou encore *#délires*.

Ludo vit Lola se rembrunir quand ils dépassèrent un panneau indiquant : « Marseille : 180 km » ; il lui prit la main. La séparation aurait lieu dans moins de trois heures. Il avala la boule qui commençait à lui gratter la gorge. Il préférait ne pas penser maintenant à ce qui se passerait après. Pour ne pas gâcher ce moment où, pour une fois, tout allait pour le mieux.

D'ailleurs, se disait-il pétri d'espoir, peut-être qu'on trouverait d'ici là une solution pour que Lola poursuive le voyage. Après tout, personne n'aurait pu parier sur les événements des dernières vingt-quatre heures. Dire qu'avant-hier, il assistait à un cours de français où il était question d'une tragédie grecque en alexandrins, plus morose qu'un dimanche soir pluvieux. Les épaules chargées d'ennui, il avait contemplé le manège de deux moineaux gambadant sur le panier de basket de la cour de récréation.

— Dites, Ludovic, ça vous ennuierait de revenir avec nous et de répéter à la classe ce que j'étais en train d'expliquer ? avait tout à coup asséné le professeur.

Ses rêves avaient dégringolé en pluie devant le tableau de noir.

— Euh…

— Euh… quoi ?

— Euh… Brintannicasse…

Ses camarades avaient gloussé.

— Vous voulez dire Britannicus, je suppose ?

— Oui, c'est ça, Britannicus, il est… euh… pas content… parce que…

Éclat de rire général.

— Laissez tomber. Vous viendrez le mercredi après-midi de la rentrée me raconter tout ça, je suis sûr que moi aussi, je vais bien rire. Estimez-vous heureux que les vacances démarrent ce soir. Profitez-en pour relire l'histoire de « Britannicasse-qui-n'était-pas-content-parce-que ».

Une marmelade de rires avait accueilli cette nouvelle attaque.

Puis il y avait eu l'arrivée de François, la dispute avec son père, l'annonce du mariage de Sandrine, le minivan, Lola, la poule, Lola, l'anniversaire de son grand-père, Lola, le chien, Lola, la peinture, les selfies, le baiser, Lola Lola Lola.

Lola, partout, tout le temps.

Ludovic s'était souvent senti écartelé entre ses parents. Il s'épuisait à ménager la chèvre et le chou en permanence : ne pas trop en raconter pour ne pas blesser son père, épargner sa mère en omettant les oublis de son père, lui dire que si, bien sûr, Papa était venu assister au match de samedi, que oui, il cuisinait, que non, évidemment ils ne se nourrissaient pas de pizzas et de pâtes tous les soirs, que oui, Papa avait reçu son livret ; s'assurer, en somme, que personne, à part lui, n'aurait de peine.

Mais Lola, c'était comme un baume cicatrisant sur la tristesse de son foyer depuis le départ de sa mère, une sorte de tsunami joyeux dans la torpeur qui avait pris ses quartiers dans le deux-pièces.

Le jeune homme avait l'intuition qu'il y aurait un avant et un après Lola dans son existence.

Mais, en attendant, il y avait ce fichu panneau et la sentence d'une séparation toute proche, à moins d'une surprise de dernière minute.

Une surprise comme celle qui venait d'obliger le véhicule à freiner. Assis à califourchon sur la palissade qui barrait le passage, un gamin de 7 ou 8 ans leur tirait la langue en mangeant une sucette.

36.

— Mais qu'est-ce qui se passe encore ? s'attrista Denis en baissant la musique.

Il la baissa tellement qu'il l'éteignit. Ils attendirent en silence. Une minute, puis deux. Puis cinq.

Et cinq minutes à attendre que quelque chose arrive sans trop savoir quoi, c'est long.

— Il a pas de parents ce mioche, ou quoi ? prononça enfin François qui commençait à s'impatienter.

— Je sors ! décréta Denis.

Il sortit, donc. Et s'adressa au gamin qui le regardait d'un œil torve en suçotant son bonbon. Figure ronde, lèvres auréolées de sucre, cheveux en brosse, minois insolent de dur à cuire, étoile de shérif en plastique badgée sur la poitrine.

— Salut bonhomme, ça va ?

Le gosse ouvrit la bouche et en sortit sa sucette verte, avant de la reflanquer à l'intérieur. Le tout, sans cesser de dévisager Denis de ses petits yeux de fouine et sans prononcer le moindre mot.

— Dis-moi, continua Denis, vaguement décontenancé, tu crois que tu pourrais descendre de là ?

Le gosse haussa un sourcil et plissa les yeux. Denis entendit un craquement. C'était l'enfant qui était en train de croquer la tête de la sucette.

— Écoute, il faut vraiment qu'on passe. Et là, comme tu es dessus, on ne peut pas…

Impassible, le gosse continuait à le dévisager du haut de sa barrière. Le bonbon croustillait sous ses petites dents pointues. Parfois, sa langue éjectait de sa bouche grande ouverte des éclats collants qui tombaient sur ses vêtements ou sur le sol.

Soudain, il s'étira. Et s'allongea ostensiblement, la main sous sa nuque légèrement relevée pour faire face à Denis.

— Tu parles français ?

Le gamin opina en mordillant le bâton blanc de feu la sucette.

— Donc tu as compris ce que je t'ai dit ?

Il acquiesça.

— Et donc tu vas descendre ? insista Denis qui commençait à sentir la moutarde lui monter au nez.

Le gosse secoua la tête.

— Mon grand-père, c'est le maire de la « conune », lança-t-il sur un air de défi.

Denis eut bien envie de lui rétorquer que ça lui faisait une belle jambe, que son grand-père pouvait être Rocky Balboa, ça ne lui donnait pas le droit de faire un sit-in sur la chaussée. Mais il dit seulement :

— Et il te laisse là, tout seul, ton grand-père ?

— Je suis pas tout seul.

Il brandit un baby-phone devant le museau de Denis.

— Laisse, j'm'en occupe, dit François en sortant à son tour du minivan.

Denis se décala pour lui laisser la place.

— Didons, le tueur, tu vas descendre de là, parce que sinon, j'aime autant te dire que ça va barder.

Pour toute réponse, le mioche hocha la tête. Exaspéré, François s'approcha et tendit les bras histoire d'accélérer le processus.

— Aaaaaaaaaaah, hurla l'enfant sitôt que François eut posé la main sur lui.

Le septuagénaire se raidit, stupéfait, tandis que Denis, à côté, grimaçait en entendant les hurlements stridents. Demander de la discrétion à son père équivalait à demander à une tarte Tatin de se remettre d'aplomb ; on pouvait toujours courir.

François retendit la main.

— Aaaaaaaah ! cria le gosse.

Tendit deux doigts.

— Aaaah !

Son seul index.

— Aah !

L'autre index, juste pour être sûr. Et pour rigoler un chouia.

— Aah !

— Dis gamin, tu s'rais pas un peu en train de t'fiche de nous des fois ?

— Papi veut pas qu'j'descende. Il m'a dit, si on te demande de descendre, tu dis non. Alors, voilà, non. En plus, ma mère, elle est policière.

Et hop, retour du bâton de sucette mordillé dans la bouche tandis que Denis commençait à croire que le monde entier s'était ligué contre eux.

— Ça t'dirait de voir un ours ? proposa soudain François.

— Un vrai ? s'enquit le gosse en fronçant les sourcils.

Ses yeux lancèrent des éclairs d'intérêt. Denis, de son côté, esquissait des gestes à l'intention de son père dans l'espoir de le faire taire.

— Mais non, bredouilla-t-il dans un rictus jaune citron, il blague, bien sûr…

— Évidemment qu'c'est un vrai ! s'indigna François. Tu m'prends pour qui ?

Denis trépignait. François avait-il oublié que les gendarmes étaient à leurs trousses et qu'ils étaient persuadés qu'ils trimballaient un ours ? Ne pouvait-on pas faire profil bas ? Au moins une journée ? quelques heures ? Sans compter que la mère du petit était policière…

L'enfant parut hésiter.

— Mais faut que je descende pour le voir…

François répliqua sur le ton de l'évidence.

— Bah oui, comment j'pourrais te le montrer autrement ?

— Alors non, c'est pas possible, conclut le gamin en bombant la poitrine et en désignant son pin's de faux shérif.

Le bâtonnet déformé tomba de sa bouche et chuta par terre.

Ploc.

L'enfant regarda le bâton.

François regarda l'enfant qui regardait le bâton.

Denis se mit à regarder avec inquiétude François qui regardait l'enfant qui regardait le bâton.

L'enfant se mordit les joues. François passa la langue sur ses lèvres sèches. Le cœur de Denis cognait plus fort qu'un marteau-piqueur dans le bitume. L'imminence de l'action ne faisait aucun doute.

Ensuite, tout alla très vite, si vite à vrai dire que personne n'y comprit grand-chose.

La poule se mit à caqueter, la surprise fit pivoter François, l'enfant en profita pour descendre de sa barrière, François se saisit du mioche, criant à son fils : « La barrière, vite ! » tout en retenant par la taille le bambin qui se débattait. Mettant de côté ses réserves, mû seulement par l'urgence, Denis s'exécuta, poussa la barrière et remonta dans le combi qui redémarra sur les chapeaux de roues. Dans le rétroviseur, le petit garçon pleurnichait, ce qui brisa le cœur à à peu près tout le monde, sauf à François qui lui tirait la langue.

Alors, on freina vingt mètres plus loin, on fit marche arrière et Lola offrit au gamin un impressionnant stock de chewing-gums à la fraise.

Et puis, on se remit en route. Sur cent mètres. Pas plus.

Parce qu'un autre genre de barrière avait été érigée. Et celle-ci, il faudrait plus qu'un bâton de sucette pour s'en débarrasser.

37.

Un gros camion gisait sur le flanc. Son chargement de troncs d'arbres gigantesques s'était déversé tout autour, rendant le passage impossible. Quant à contourner l'obstacle, c'était inenvisageable : bordée par un fossé profond d'un côté et un ravin de l'autre, la route n'autorisait qu'une progression en ligne droite, sans détour possible.

Un grand bonhomme vint cogner au carreau du conducteur. À défaut d'abaisser sa vitre – poignée en vrac oblige –, Denis ouvrit la porte.

— Comment vous êtes passés, vous, d'abord ? demanda le gars sur un ton mauvais en désignant la route qui s'étendait derrière et, par-delà la route, la barrière et son gardien haut comme trois pommes.

Au vu de la mine mauvaise que le type arborait, Denis éprouva quelques scrupules à lui expliquer la manière exacte dont les choses s'étaient déroulées. Il s'arma d'un sourire innocent et bredouilla :

— Le petit bonhomme a…

— Mon p'tit gars, coupa l'homme, j'comprends pas pourquoi il vous a laissé passer, on a été clairs pourtant.

En guise d'explication, l'homme agita le même baby-phone que l'enfant avant lui.

— Au moindre truc, tu nous appelles, on lui a dit. Pfff, je sais vraiment pas ce qu'il a fichu. C'est bien les gosses d'aujourd'hui, ça, tout c'qu'on leur demande, ça passe par une oreille et ça sort par l'autre. Si c'est pas malheureux, pfff. On a fait ça histoire de pas bloquer tout le monde et de ne pas engorger le patelin. J'espère pour vous que vous êtes pas pressés pressés, parce qu'il y en a pour un moment avant que tout ce bazar soit ramassé. Les gars de la voirie sont en train de manger des pizzas. Et comme ils sont en grève aussi, les gars de la voirie, bah ils vont s'en cuire des pizzas avant de ramasser ce foutoir, c'est moi qui vous l'dis. Pfff, regardez-moi ça, on n'a jamais vu un accident pareil se produire ici. C'est plutôt tranquille d'habitude par chez nous. L'autre, là, le chauffeur, il avait même pas le droit de passer par là. Remarquez, je lui jette pas la pierre, le pauv'gars, il avait sans doute envie de rentrer chez lui plus vite, mais enfin, maintenant que le bahut est retourné, ça nous met dans une sacrée panade. C'est un Polonais, lui aussi, un type super sympa, ça enlève rien, hein.

Le type avait prononcé tout ça à toute allure, presque sans respirer. Son front suait à grosses gouttes sous sa coupe en brosse blonde. Le maire ressemblait à une vieille photocopie de son petit-fils, chiffonnée, avec des plis dans tous les coins.

— Remarquez, si vous êtes pas trop pressés, vous pourrez peut-être goûter aux pizzas de ma fille. Sa spécialité, c'est la pizza hawaïenne, avec de l'ananas. Mais par ici, les gens, ils aiment pas trop quand on mélange l'ananas et le jambon. Soi-disant que le sucré-salé, c'est trop exotique.

— Elle est pas policière, votre fille ? s'étonna Denis dans un accès de réassurance.

— C'est le p'tit qui vous a dit ça ? C'est ce qu'il raconte à tout le monde. Elle a été policière pendant deux mois, et puis elle en a eu marre et elle a ouvert son affaire. La Bleue, ça s'appelle. C'est pas mal, hein ? Et c'est pas trop cher. Si vous voulez, je l'appelle et je lui dis de vous réserver une table.

— C'est très gentil, mais je crois qu'on va faire demi-tour.

— Dommage, mais c'est comme ça, parfois y a des urgences, pfff. Et vous allez où comme ça ?

— Marseille.

— Pfff, disons qu'avec le détour, vous allez perdre, pfff, une bonne heure. Le plus simple, c'est de retourner cent mètres avant le barrage de mon p'tit gars. Là, vous verrez, y a une route à gau…

Un crissement de pneus déchira le décor.

Suivi d'un incroyable boucan de tôle.

Tous tournèrent la tête en même temps.

Hector la poule caqueta de stupeur. Sarah le terre-neuve lâcha un aboiement furibond.

Les humains, quant à eux, restèrent idiots. Le temps que passe l'onde de choc.

Puis, ils avalèrent leur salive.

Ludo prit Lola dans ses bras, François bougea les lèvres sans parvenir à sortir le moindre son.

Le baby-phone chuta dans un bruit sourd tandis que les yeux du maire s'agrandissaient peu à peu. Dans ses pupilles, terreur et horreur se disputaient la première place.

38.

SANDRINE – 2007

Cher journal,

De nouveau, la vie vibre dans mon ventre. Denis est fou de joie. Je crois même que cette fois, il réalise encore plus que pour Ludo. Dans un peu plus de six mois, nous serons quatre. Quatre ! Ludo va avoir une petite sœur. Enfin, je crois, j'ai une sorte de pressentiment. Ce sera une fille. Une merveilleuse petite fille. Je les imagine déjà, mon grand Ludo conduisant sa petite sœur à l'école maternelle, la protégeant. Parce que tous les grands frères protègent leurs petites sœurs.

Il lui apprendra à lire. Il l'aidera à se relever. Ils se chamailleront, bien sûr, mais ça ne durera jamais bien longtemps.

Ce soir, nous avons profité du fait que Denis rentre tôt du travail et que, pour une fois, nous dînions tous les trois, pour lui annoncer la nouvelle.
— Il est où bébé ?
— Là, dans le ventre de Maman.
La bouche de Ludo s'est tordue. Il a regardé mon ventre d'un air dubitatif :
— Mais ch'est cro petit pou' un bébé là-d'dans.
Sans transition, il est sorti de table, il est allé fouiller dans sa chambre et il est revenu avec un carton plus grand que lui dans les bras. Il a dit d'un ton très sérieux :
— Tu pourras l'met'là, quand y aura plus place dans ton vent'.
Denis et moi, on a explosé de rire.
Je profite de ces moments, ils sont précieux. Entre nos boulots respectifs et nos horaires, c'est parfois compliqué de jongler. Denis rentre tard de son travail. Depuis qu'il a été élu créatif de l'année en 2005, ses patrons lui mettent une sacrée pression. Mais je le sens épanoui, c'est tout ce qui compte. Demain, il part en déplacement. Un congrès à Miami.
Quant à moi, mon métier me plaît. J'aimerais malgré tout pouvoir être plus disponible pour Ludo et ne pas être obligée de le laisser à la garderie avant et après l'école.

39.

Le baby-phone se mit à crépiter. L'homme observa l'appareil, ahuri pendant une demi-seconde, avant de se ruer là-bas. Le talkie-walkie turquoise grésilla un « Paaaapiiiiiii » strident.

Blanc comme un linge, le maire détala vers l'accident en répétant des : « Ça va ? Tu vas bien ? Tu n'as rien ? Pfff, Seigneur Jésus Marie Joseph, tu vas bien ? Tu n'as rien ? »

Denis courait derrière, haletant. François, Lola et Ludovic étaient sortis du minivan. Tous trois louchaient benoîtement sur le trente-six tonnes couché en travers de la route d'où s'envolaient des centaines de perruches dans un concert de piaillements. Un joyeux nuage jaune et vert, des plumes en veux-tu en voilà tombant du ciel sur le cadavre du camion et sur la mine hagarde du chauffeur, et provoquant une cascade d'éternuements chez Denis qui commençait à se demander si, avec tout ça, il n'allait pas finir par se décoller la plèvre.

Dès qu'il aperçut son grand-père, le petit shérif sortit de la cachette dans laquelle il s'était abrité. Ses deux bras potelés s'agrippèrent avec force au cou de l'homme. Il sanglota pendant que le maire tentait de le calmer en lui caressant le dos.

Le routier, lui, se grattait la tête en considérant sa cargaison qui s'envolait vers d'autres horizons.

— Rien de cassé ? prononça Denis.

— Cassé, rien. Mais oiseaux partis.

— Polonais ? s'enquit alors le maire sans cesser de bercer l'enfant qui se plaignait maintenant d'avoir avalé son chewing-gum à la fraise.

Le chauffeur opina.

— Pfff, répondit l'autre, atterré. Y vont encore me tomber dessus, les gens du coin. La Pologne, c'est comme les pizzas à l'ananas que j'vous parlais tout à l'heure, y trouvent ça trop exotique pour être catholique. Surtout depuis que les Roubot nous ont fermé l'usine pour décentraliser à Otwock. Vous connaissez ?

Denis fit non de la tête, un peu déconcerté par cette avalanche d'informations.

— C'est à côté de Varsovie, précisa le maire en secouant son petit-fils dans ses bras comme s'il espérait en faire tomber des abricots. De toute manière, pour le prochain mandat, ils pourront toujours aller se faire voir. S'ils croient tous que j'vais passer ma retraite à les écouter torpiller du Polaque toute la journée, ils se fourrent le doigt dans l'œil jusqu'aux amygdales. Hein, c'est vrai mon p'tit gars que Papi, y va aller s'faire dorer la pilule à Porto ?

Le mini-shérif fit oui du menton d'un air solennel tout en déballant l'emballage d'un nouveau chewing-gum qu'il goba tout de suite après.

— Par contre, pour votre demi-tour, je suis navré, mais à moins de transformer votre véhicule en jet privé, ça va pas être possible tout de suite…

Le parallélisme avec le premier camion accidenté était parfait, limite fascinant, une vraie figure géométrique qu'on aurait dite commandée par un destin facétieux.

Ou tragique.

— Vous pensez qu'il y en a pour combien de temps ?

— Pfff, j'dirais un jour ou deux. Maximum.

Denis regarda l'heure. Il pâlit.

— Y a des chambres dans la pizzeria de ma fille, tenta de le rassurer monsieur le maire.

Fichu. C'est le seul mot qui lui vint à l'esprit.

Ils n'arriveraient jamais à temps au mariage.

Jamais.

Il fallait renoncer, même si ça brûlait la poitrine, même si ça broyait l'estomac. Renoncer à Sandrine, même si ça mettait partout des morceaux de Denis qu'il allait falloir ramasser à la petite cuillère.

40.

Deux heures s'écoulèrent, mornes et vides, dans la pizzeria où régnait une atmosphère glaciale.

D'un côté, les cinq agents de la voirie, plus remontés qu'un ascenseur au dernier étage d'un gratte-ciel. Parmi eux, une femme.

De l'autre, cinq chauffeurs routiers polonais, parmi lesquels les deux accidentés, et trois autres qui avaient voulu éviter l'autoroute et qui, dans un accès de solidarité envers leurs collègues cloués dans ce village, avaient garé leurs mammouths d'acier sur le petit parking.

Une jeune femme empressée sinuait entre les tables. La taille enserrée dans un tablier à fleurs, les traits crispés, elle glissait d'un groupe à l'autre. Dès qu'une voix s'élevait, elle se raidissait. La nervosité était palpable, il suffisait d'un rien, un regard appuyé, un mot mal compris, un rien, donc, pour que la bombe explose et que la pizzeria se mue en champ de bataille.

Entre les deux camps, toute communication était rompue. Un couloir avait même été dégagé.

C'est dans ce couloir aux allures de mur de Berlin qu'on avait installé Denis, François, les deux adolescents, la poule et le chien.

Malgré quelques éternuements, Denis observait un mutisme total. Les yeux dans le vague, il agitait machinalement la touillette en plastique dans son verre d'eau gazeuse agrémentée d'une rondelle de citron.

— Écoute, fiston, ce n'est quand même pas la mort, tenta François. Dis, tu la manges ou pas, ta pizza ?

Denis secoua la tête en poussant l'assiette vers son père. Il n'avait le cœur à rien et surtout pas à manger. Comment avait-il pu croire qu'il réussirait ? Comment avait-il pu imaginer qu'il pourrait arriver à temps au mariage de Sandrine dans ce vieux combi fossilisé ? L'univers s'était ligué contre son projet. Et on ne luttait pas contre l'univers. Il devait bien se marrer, l'univers.

Dès qu'ils le pourraient, dans un jour ou deux *a priori*, ils repartiraient dans l'autre sens. Avec un peu de chance, l'autoroute serait désenclavée, la grève, un vieux souvenir et huit heures après, on arriverait à Paris. Denis tenterait alors de plaider sa cause auprès de Richard, d'ailleurs il avait des idées à lui soumettre : lancer l'élection d'une Miss Patacru, mettre la photo et le nom d'un chef étoilé sur le paquet pour donner une impression de gastronomie, écrire Patacru en vert pour donner un effet « bio ». Peu à peu, il retrouverait sa vie là où il l'avait laissée. Il refermerait la parenthèse. Et la plaie.

Il s'attarda sur son père. Celui-ci avait dévoré sa pizza et s'attaquait maintenant à celle de Denis, comme si les espoirs de son fils ne venaient pas d'être anéantis. Comment François pouvait-il se montrer si débonnaire alors que lui était en ruine ? Alors quoi, il n'aurait pas une once d'empathie envers son fils ? pas une miette de mansuétude ? Denis souffla doucement, on n'était pas déçu quand on ne s'attendait à rien. Et voilà belle lurette qu'il avait renoncé à attendre quoi que ce soit de ce père inscrit aux abonnés absents.

— Tu sais, Papa, peut-être qu'on pourrait…

— Laisse tomber, mon grand, balaya tristement Denis. On va rentrer, ça vaut mieux.

Ludovic lui répondit par un sourire peiné. *Ce gamin avait les rêves de son âge*, songea Denis, *c'était normal qu'il ne s'avoue pas vaincu.* À 14 ans, l'entêtement était une affaire quasi hormonale. Pour Ludo, chaque aube était une promesse, chaque crépuscule l'assurance de faire mieux le lendemain.

Il y avait un âge pour tout.

Denis, en revanche, était adulte, ça faisait toute la différence. Quand on est adulte, on doit être lucide. On ne le reprendrait pas de sitôt à rêver. Rêver, c'était bon pour les midinettes. La preuve.

— Tu es déçu ? demanda soudain François, la bouche pleine.

— Un peu, avoua Ludovic en baissant les yeux.

La déception, dans le regard de son fils. C'était peut-être ça, au fond, le plus dur à encaisser pour Denis : il avait déçu son fils.

Il eut soudain envie de prendre l'air, de s'isoler pour cacher les larmes de rage et d'épuisement qui commençaient à affluer sous ses paupières.

Sans préavis, il s'excusa, se leva de table et sortit. Il traîna ses pas jusqu'à la centaine de troncs d'arbres qui bloquaient les voies et s'assit sur l'un d'eux, les poings serrés, les yeux embués, des images de Sandrine et Ludo plein la tête.

Quelque chose gonfla peu à peu dans ses tripes. Ça ressemblait à de la rage. Il releva alors ses manches. Sans savoir que, dans la pizzeria qu'il venait de quitter, un verre avait éclaté. Un verre explosé au sol qui mettait à mal l'équilibre précaire entre les deux camps.

41.

Voilà comment les choses se présentaient.

Denis pouvait rester les bras ballants, attendre des semaines que quelqu'un daigne dégager cette maudite voie, rentrer chez lui, supplier Richard, acheter des nouilles au traiteur asiatique du coin de la rue, toujours les mêmes nouilles, toujours le même traiteur, reprendre son existence plan-plan, regarder des émissions sur son canapé convertible, se disputer avec Ludo à cause du collège, du Smartphone et de la musique trop forte, se coucher à heures fixes parce que les chronobiologistes s'accordaient sur le fait qu'il était important de ne pas rater son cycle de sommeil, remballer ses petits espoirs de cadre en fin de course tout au fond de son placard Ikea et attendre. Attendre. Attendre quoi au fond ? C'était bien ça le problème.

Ou alors, il pouvait refuser de se laisser abattre.

Derrière la rage, Denis sentait maintenant gonfler l'ombre d'une certitude. Celle qui lui interdisait de ne rien faire. Quitte à perdre, autant le faire avec panache.

Il se baissa et essaya de saisir le tronc sur lequel il avait pris place.

Trop lourd, le tronc ne bougeait pas d'un iota. Denis émit un cri pour se donner du courage, un cri qui ne changea rien, le tronc pesait le poids d'un troupeau d'ânes morts. Alors, furieux, en sueur, il se mit à pousser le tronc, à le tirer, à se presser contre lui, à y prendre appui pour le faire rouler. En vain.

Comme ce tronc-là ne voulait rien savoir, il en poussa un autre. Puis un suivant. Et encore celui d'après.

— Allez, vas-y, avance, exhortait-il, hoquetant de fureur et ahanant sous la tension.

Les muscles bandés sous la chemise déchirée, il parvint au prix d'un effort titanesque à faire culbuter un tronc dans le fossé.

Le plus petit des cinq cents troncs.

La sueur perlait sur son front, brouillait sa vue et piquait ses yeux. Il les essuya d'un revers de la main et avisa la tonne d'autres troncs qui jonchaient la chaussée.

Sans se décourager, il s'attaqua à un nouveau tronc. Son cœur cognait dans sa poitrine. L'effort le tuait, il n'avait plus 20 ans, mais il ne lâchait rien, porté par une énergie incroyable, celle d'un désespéré qui refuse d'abdiquer.

42.

Le verre brisé avait eu pour effet direct d'installer un silence de mort dans le restaurant. Puis on entendit un homme jeter à voix – très – haute un « Faut pas s'étonner, les Polaques abîment tout ce qu'ils touchent. »

Suivi d'un : « En plus, ils savent pas conduire ! », balancé par l'unique femme du groupe.

Quelqu'un du camp adverse avait rétorqué en polonais des mots que seuls les Polonais présents comprirent et qui reçurent aussitôt leur assentiment.

S'ensuivit un échange de réprimandes, en français, en polonais, voire, parfois, en franglainais. Un ping-pong décousu de blâmes et de réquisitoires virant à l'engueulade baroque.

Lola avait beau dresser l'oreille, elle avait le plus grand mal à saisir le sujet véritable de la discorde. Elle attrapa au vol quelques reproches, crachés avec plus ou moins de verve et plus ou moins d'accent selon qui, du côté droit ou du côté gauche du couloir, s'exprimait. De part et d'autre, il était question de délocalisation, de pertes d'emploi, de chômage, de sacrifice, de crédits, de familles, de nourriture chère, d'Europe, d'élection, d'impôts. Chacun s'échinait à jeter de l'huile sur le feu et à renvoyer l'autre dans ses cordes. C'était à celui qui crierait le plus fort et qui susciterait le plus de réactions.

L'énervement atteignait des proportions inquiétantes. Accentuée par l'effet de meute, la prise de bec menaçait de se transformer en passe d'armes, au sens littéral du terme.

Si bien que François se leva tout à coup pour sortir, au prétexte qu'il ne supportait pas qu'on se prenne le chou. Une poignée de minutes plus tard, l'unique femme de la voirie lui emboîta le pas. Lola supposa qu'elle aussi devait détester qu'on se prenne le chou, mais qu'elle venait tout juste de s'en rendre compte après avoir elle-même savamment contribué au problème en postillonnant des tas d'invectives.

À côté de la jeune fille, Ludovic était pensif.

— Tu penses à quoi ? demanda-t-elle en caressant le haut du crâne du terre-neuve qui commençait à montrer des signes d'excitation.

Le jeune homme paraissait observer sans les voir deux hommes sur le point d'en venir aux mains.

— Quoi ?

— T'as l'air ailleurs…

Ludo hocha la tête.

— Je me demande ce que fait Papa. Je crois qu'il était pas très bien tout à l'heure. Je devrais peut-être aller voir.

— Je t'accompagne. En plus, ça détendra Hector et Sarah de prendre l'air.

Ils traversèrent le restaurant au pas de course, zigzaguant entre les chaises qui commençaient à voler et les morceaux de pizzas qu'on envoyait valser sur les murs, au grand dam de la propriétaire de La Bleue qui hésitait entre se cacher pour échapper aux projectiles et se planter entre les deux camps pour sauver ce qui restait à sauver. Le maire, lui, se tenait au milieu, les bras en l'air dans une volonté d'apaisement, bégayant des «Voyons, je vous en prie, réagissons en adultes» peu convaincus à tout bout de champ.

Les adolescents marchèrent un bon quart d'heure avant de se retrouver dans les fourrés qui jouxtaient la route. Ils progressèrent avec précaution à travers les bosquets de mûres sauvages, les épines et les herbes hautes. Au bout d'un moment, ils aperçurent le minivan.

Et, à quelques mètres de là, Denis qui s'échinait à dégager la voie. Seul.

Lola tourna la tête vers son petit copain. Celui-ci envisageait sans dire un mot le combat perdu d'avance de son père. La jeune fille vit ses yeux se brouiller.

Elle aussi était émue; l'eau affluait sous les paupières de l'adolescente.

Lola détestait pleurer. D'ailleurs, elle ne pleurait jamais, c'était une sorte de défi, une promesse. Pleurer, c'était être vulnérable. Et personne ne devait savoir qu'elle n'était, au fond, pas si forte. Surtout pas sa mère, surtout pas sa belle-mère, surtout pas son père. Personne. Alors elle prenait sur elle de toutes ses forces et s'interdisait de verser la moindre larme, même quand elle en avait gros sur le cœur.

Mais là, l'acharnement de Denis la bouleversait. Elle songea qu'il y a ceux dont on se souvient, les héros au sujet desquels tout le monde est d'accord : les soldats qui risquent leur peau pour sauver des otages au Sahel et qui se voient offrir un tour d'honneur aux Invalides en échange du sacrifice de leur vie, des pompiers qui courent dans les flammes pour récupérer un enfant en pleurs, les prisonniers politiques qui tombent sous les balles, les généraux vainquant par le sang, les tribuns politiques qui haranguent les foules, dénoncent et parlent fort, les conquérants armés jusqu'aux dents, les prix Nobel de la paix, les stars qui s'engagent.

Et puis il y a les autres, ceux dont les actions héroïques passent plus inaperçues qu'un vol de perdreaux par-dessus une ligne à haute tension.

Ainsi en va-t-il de cet homme, un guerrier en chemise fripée qui, un jour, décida d'affronter une forêt vierge plantée dans l'asphalte, juste pour l'amour d'une femme.

C'était poignant.

Gênée par ses propres émotions, elle détourna le regard et se mit à contempler au sol le manège d'une fourmilière en plein déménagement. Elle revint ensuite sur Ludo. Le profil de son petit copain n'avait pas bougé, si ce n'est la larme qui avait dessiné un sillon de sa tempe à son menton.

Tout à coup, Ludovic se dressa et, sans un mot, repartit dans l'autre sens.

— Tu vas où ? chuchota l'adolescente en retenant Sarah.

Il ne répondit pas.

43.

SANDRINE – 2008

Cher journal,

Il a fallu accoucher.
Attendre, attendre, attendre des pleurs, le premier cri de notre enfant.
Interpréter les gestes pressés de l'obstétricien, l'agitation de la sage-femme, les regards qui se dérobent, le sol sous nos pieds aussi, quand on comprend que quelque chose cloche.
À peine avons-nous vu le visage de notre bébé tuméfié par l'effort de la délivrance qu'on l'enrubanne dans la petite couverture crème que nous avions choisie un mois auparavant dans une boutique sur les Grands Boulevards. Dessus, un hippopotame fait coucou de la patte.
Et on l'emporte, ce bébé qui ne se décide pas à vagir.

Denis questionne, la sage-femme l'enjoint à attendre le médecin. Alors il s'énerve, forcément. Je lui dis de ne pas s'inquiéter, que Camille est jolie. Comme s'il y avait un rapport.

Et puis l'accouchement n'est pas encore terminé, il faut expulser le placenta, être recousue. Pendant que la sage-femme s'affaire, je pense à la trotteuse de la grande horloge au-dessus du lit. Aux sabots en plastique trop petits de l'une des infirmières. À Ludo que j'ai hâte d'entendre demain matin au téléphone, juste avant qu'il aille à l'école. Une heure. C'est long. Pendant ce temps, on m'aide à me rhabiller, on me conduit dans la chambre en fauteuil roulant. Denis observe l'horizon par la fenêtre. Il a les mains dans les poches. Ou les poings. Je ne sais pas. Parfois, on entend un bébé. On se regarde, on espère. En vain, ce n'est jamais le nôtre.

— Le cœur, il ne battait pas, je suis désolé.

— Mais enfin, docteur, il battait au monitoring d'hier !

— On a tout tenté. Cela arrive quelquefois.

Cela arrive quelquefois…

Nous sommes restés plantés dans la chambre pastel qu'aucun berceau ne venait égayer, comme deux couillons qui avaient perdu les mots.

Il a fallu déclarer Camille à l'état civil. Camille, Michèle, Sara Brun. Et voir, déjà, se remplir la rubrique « décès » de notre livret de famille.

Née le 3 mars 2008 à 3 h 51. Décédée le 3 mars 2008 à 4 h 45.

Il a fallu organiser les obsèques, choisir un tout petit cercueil, un blanc, enterrer notre fille près de sa grand-mère pour qu'elle ne soit pas seule, répondre aux questions de Ludo qui ne parvenait pas à comprendre pourquoi

Camille n'était pas avec nous alors qu'elle n'était plus dans mon ventre, et reprendre notre vie là où on l'avait laissée, le vide abyssal en plus.
Ma Camille, voilà plus de deux mois que tu as choisi de t'envoler. Deux mois de questions en suspens. Deux mois à ressasser. Deux mois passés à tenter de combler le creux dans mes entrailles. En apparence, rien n'a changé. L'école pour Ludo, le boulot pour Denis. Pourtant, au fond, rien n'est plus pareil. L'entrain s'est envolé avec toi, mes pieds sont cloués au sol, tout est lourd.
Souvent, je te parle. Je m'adresse à toi comme si tu étais dans ton transat, je me prends à rêver que je te donne un biberon. Je suis seule la plupart du temps. Denis rentre souvent tard.
La nuit où tu es née, Denis avait eu une réunion qu'il n'avait pas pu quitter. Nous étions arrivés tard à l'hôpital. Trop tard peut-être. Le doute me hante. Pourtant, je lutte.

44.

Cela faisait plus d'une heure que Denis s'échinait à bouger ces troncs lorsqu'ils apparurent.

Il était si concentré sur sa tâche qu'il ne vit pas tout de suite Ludo et Lola l'encercler et poser leurs mains de part et d'autre de l'arbre pour l'aider, tandis que Sarah jappait autour de ses mollets et qu'Hector picorait le bitume de la route avec frénésie.

Puis Denis releva la tête et, essuyant ses yeux et la crasse qui s'était accumulée sur son visage, il sourit aux enfants avec reconnaissance, juste avant de comprendre qu'une dizaine d'hommes avaient également pris place de part et d'autre des troncs.

— Un, deux, trois…

— Jeden, dwa, trzy…

Et on soulève.

— Jeden, deux, trzy, on soulève.

— Un, dwa, trois, on soulève.

Les deux langues se répondaient. Parfois, on entendait des rires. Unis dans l'effort, les hommes avaient décidé de remettre à plus tard le crêpage de chignon. Au diable les impôts, les délocalisations et les rancœurs, la volonté de déjouer la fatalité avait rebattu les cartes.

L'élan de générosité dont il était témoin sidérait Denis. Comment son fils avait-il réussi un coup pareil ? Déjà, certains routiers grimpaient dans les camions et tiraient les troncs préalablement attachés par les agents de la voirie.

Deux heures plus tard, le passage était libre. Les hommes, épuisés, mais heureux, regardaient tous dans la même direction, vers le sud.

Un des routiers tapa gentiment sur l'épaule de Ludo :

— Ton papa, ton maman…

Il accompagna ces mots de deux doigts entrelacés. Puis il approcha de Denis et lui serra la main.

— Elle attendre toi. Dépêche.

Denis dit merci.

Cria merci.

Hurla merci.

Un merci qui venait de loin. Un merci qui disait combien c'était bon d'avoir le cœur à nouveau gonflé d'espoir.

Avant de monter dans le minivan, Denis questionna Ludovic.

— Comment as-tu fait pour les convaincre ?

— Bof, c'était pas très compliqué. Tout le monde a besoin d'histoires qui finissent bien.

Denis prit son fils dans ses bras. En dépit de la sueur et de la saleté, il retrouva son odeur de blé chaud, la douceur de la peau de son cou, ce petit garçon qui manquait tant à sa vie.

Ils avaient encore une petite chance. Une chance infime d'arriver à temps au mariage de Sandrine.

Mais il aurait fallu partir tout de suite.

Sauf que François manquait à l'appel.

Depuis la scène du restaurant, personne ne l'avait vu.

45.

Denis fulminait. Il était fou de rage. Où était encore passé son père ? Cela faisait maintenant plus d'une heure qu'ils le cherchaient. Une heure de perdue. Il voyait Sandrine s'éloigner dans sa robe blanche.

François surgit tout à coup, au bras de la femme de la voirie, un air bienheureux accroché au visage.

— Hey, salut, fiston.

— Salut, fiston ? répéta Denis qui n'en croyait pas ses oreilles.

— Tu t'es roulé dans la boue ou quoi ? T'as une de ces touches ! rigola François. Bon, Madeleine, je t'présente Denis, mon coincé de fils ; Denis, je t'présente Madeleine, la douceur de ces contrées. On s'est rencontrés au restaurant et…

Denis n'en revenait pas. Son père n'avait donc rien à faire de rien. Tant d'égoïsme, c'était déplorable, écœurant. Abasourdi, désenchanté, il coupa court aux explications :

— Pour une fois que j'avais besoin de toi ! Même là, t'as pas été là. Tu ne peux pas, une seule fois, penser à quelqu'un d'autre qu'à toi ?

— Oh là là, j'te sens tendu comme un arc, attention à ton cœur, fiston ! La cinquantaine approc…

— Tu sais quoi, François ? C'est terminé, je ne veux plus entendre tes boniments. Je ne veux plus entendre parler de tes conquêtes, de tes problèmes d'argent, de tes galères, je ne veux plus entendre parler de toi, de ton existence pleine de trous et du fait que tout ce que tu touches tourne en eau de boudin. Tu n'as jamais été un père, tu n'as jamais su ce que ça impliquait, il n'y a toujours eu que ta petite personne, même Maman en a fait les frais. Eh bien, j'ai une nouvelle, figure-toi, le monde ne tourne pas autour de François Brun. Alors c'est fini, le bureau des pleurs est fermé *ad vitam æternam*. Ce n'est pas un fils qu'il te faut, c'est une assistante sociale et un psy. Alors dès qu'on arrive à Marseille, tu nous déposes au port, je te paye de quoi rentrer à Paris et tu te débrouilles.

Une pause. Une éternité.

— C'est vraiment ce que tu penses ? balbutia enfin François, le front bas, la mine piteuse d'un gosse pris les mains dans le pot de confiture.

— Dis-toi bien que je pèse chaque syllabe de chaque mot, répliqua Denis, tranchant. Rassemble tes affaires, on y va. Et on y va maintenant. J'ai quelque chose à sauver, moi, quelque chose qui compte à mes yeux. Même si ça te dépasse.

François déposa un baiser triste au coin des lèvres de Madeleine et suivit son fils jusqu'au minivan. Tête basse, il commença à farfouiller dans son sac quand il annonça soudain :

— Je ne suis pas le bienvenu, j'crois que j'ferais mieux de vous laisser partir.

— Ça vaut peut-être mieux, en effet, concéda Denis en s'éclaircissant la voix. Mais pour le combi ?

François haussa les épaules d'un air nonchalant qui masquait mal son émotion.

— Tu peux le garder, va. Il est à toi de toute manière.

Là-dessus, il rangea ses maigres affaires. Quand il eut attrapé son sac, le septuagénaire se pencha sur Ludo par-dessus le siège et lui envoya un bisou en ébouriffant ses cheveux.

— Salut p'tit gars, à la revoyure ! bredouilla-t-il dans un sourire caillou. Sois sage avec la demoiselle.

Lola rougit un peu tandis que Ludo ne parvint à répondre qu'un « À bientôt, Papi… » atterré.

Denis démarra sur les chapeaux de roues. De la poussière s'éleva des pneus, un nuage sombre jaillit du pot d'échappement.

Denis ne décolérait pas : François n'avait pas changé, il fuyait les responsabilités comme la peste et préférait faire l'autruche en demeurant dans ce coin perdu. Fort bien. Il était si prévisible. D'ailleurs, si Denis éprouvait quelques scrupules, c'était uniquement pour la pauvre Madeleine qui n'avait rien demandé et qui allait devoir se fader un parasite. Elle n'allait pas être déçue du vieux beau. Ah, elle était belle, la romance ! *Une semaine,* se disait Denis, *pas plus, avant que la fonctionnaire ne se rende compte quelle calamité était François.*

Il y avait malgré tout une bonne nouvelle : Ludo n'aurait pas à subir plus longtemps l'influence néfaste de ce fauteur de troubles. Plus loin son fils se trouverait de ce grand-père, mieux il se porterait. Bien que pour l'instant, Ludo ne semble pas partager son point de vue. Pour preuve, les regards lourds de reproches que ne cessait de lui jeter l'adolescent. Pas grave, il finirait par comprendre, c'était normal qu'il soit déboussolé.

Flanqué de son sac de voyage déformé, François rétrécissait dans le rétroviseur. Son image rebondissait au rythme des cahots du véhicule. Denis, lui, épongeait sa fureur en se concentrant sur la route. Il connaissait la mine contrite de son père par cœur, il aurait pu la dessiner les yeux fermés. Mais Denis ne se laisserait pas apitoyer. Cette fois, c'était bel et bien terminé. François et son égoïsme allaient pouvoir couler des jours heureux, loin, très loin de lui.

L'ascenseur émotionnel des dernières heures avait eu raison de l'enthousiasme général. Ni mot ni musique n'égayèrent la suite du parcours. Caquètements, ronflements et éternuements constituaient l'unique fond sonore. Dans l'habitacle du combi bleu, jaune et vert à paillettes, chacun s'était enfermé en lui-même comme une huître.

De son côté, la petite lettre tombée un peu plus tôt sous le siège se morfondait.

Tout comme la veste en boule que François avait oubliée sur le siège passager.

46.

SANDRINE – 2010

Cher journal,

Ludo et moi passons nos vacances chez mes parents, à l'Île-Grande. Ils ont acheté une petite maison avec vue sur la mer il y a trois ans. Un terrain sableux, une piscine hors-sol où l'eau est toujours trop froide, une terrasse où mon père fume le cigare, quelques massifs d'hortensias que ma mère arrose à la tombée de la nuit. Denis devait venir avec nous, mais il n'a pas pu se libérer, son travail est prenant, un gros contrat, je crois. Nous étions convenus qu'il vienne nous rejoindre pour le week-end. Il m'a appelée ce matin pour me dire qu'il ne viendrait pas, que tant de route pour si peu de jours, ça ne valait pas la peine, d'autant plus que ça impliquerait de rouler de nuit, que le travail l'épuisait en ce moment, qu'il avait cette présentation à rendre. Je lui ai répondu que ce n'était pas grave, qu'il avait raison, que c'était mieux comme ça, qu'on se reverrait la semaine prochaine, que Ludo s'éclatait, qu'il ne devait pas s'en faire.

J'aime marcher sur le chemin des douaniers et regarder les vagues se briser sur la falaise. J'aime la caresse des embruns sur mon visage. J'aime observer Ludo sur la plage. J'aime quand il me ramène des éclats d'améthyste et des crevettes au fond de son seau rouge.

J'écris, les pages volettent au gré du vent. Face à moi, il y a l'océan. L'écume dessine sur le sable des traces qui s'effacent au soleil.

Qu'y a-t-il, là-bas, de l'autre côté de l'Atlantique ? Parfois, comme en ce moment, je me demande à quoi aurait ressemblé ma vie si je n'avais pas rencontré Denis. Que me dirait l'adolescente qui buvait des monaco au Café des sports en voyant ce que je suis devenue ?

J'ai tout pour être heureuse. Pourtant, quelque chose manque à ma vie. Je me prends à rêver d'un ailleurs. Je sais que c'est mal, j'ai honte.

47.

La côte était magnifique. La mer azur faisait la nique au début de crépuscule ; l'eau et l'horizon se rejoignaient en un mélange de couleurs digne d'une peinture impressionniste.

Lola ne lâchait pas la main de Ludo. Pour splendide qu'il était, ce décor n'en annonçait pas moins l'imminence de leur séparation. Et Lola avait autant envie de quitter la chaleur de Ludo que de se couper un bras.

Après avoir rencontré Florence, son père n'avait pas hésité longtemps. Il avait un jour pris sa fille entre quat'z-yeux et lui avait annoncé sa décision. Parce que Florence avait besoin d'air, d'eau, de bleu et de jaune, parce qu'elle rêvait de vacances en permanence et parce que faire des enfants dans une ville, c'était mettre des oiseaux en cage, il avait décidé d'émigrer du côté de la Méditerranée. Sa fille, pas grave, il la verrait pendant les vacances, on pouvait faire l'aller-retour en TGV en moins de temps qu'il n'en faut pour le dire ; tu verras, ce sera super, je te prendrai un abonnement, et puis je t'appellerai, et puis tu me raconteras, et puis tu seras bien avec Maman, tu t'entends bien avec ta mère, non ? et puis et puis et puis.

Son père avait donc traversé la France, acheté une villa blanche avec des volets bleus et une cuisine ouverte, une suite parentale avec douche à l'italienne, double vasque et dressing, studio indépendant, piscine, transats et barbecue dans le jardin.

Lorsqu'elle avait visité la propriété pour la première fois, Lola n'avait pas pu s'empêcher de songer avec amertume à sa maison à elle, la maison d'à peine trois pièces, cabossée et mal fichue dans laquelle on avait entamé plein de travaux sans jamais trouver l'énergie de les finir, prétextant qu'on n'avait pas le temps. Dans la maison que son père avait quittée, là-haut dans le Nord, il y avait des prises pendantes, un placard dont on n'avait pas réparé la porte, des toilettes qui fuyaient, une cuisine faite de bric et de broc et une terrasse en béton encombrée de vieux objets dont on n'avait pas eu le cœur de se débarrasser et qui moisissaient à présent sous des bâches déchirées.

Rien n'était trop beau pour Florence. Visiblement, l'amour rendait les hommes bricoleurs.

— C'est ici ?

Lola soupira un oui résigné.

— Quelle belle maison ! siffla Denis en arrêtant le moteur. Tu vas passer de très belles vacances. Tu en as de la chance !

Lola avait les larmes aux yeux et un creux au milieu du ventre. Aucune maison, aussi belle fût-elle, ne saurait remplacer la chaleur de l'habitacle de ce minivan vieillot et peint n'importe comment.

Ludo serra sa main plus fort. Elle sentit la force de ses doigts. Elle avait tant envie de se blottir contre lui.

L'adolescente sortit du minivan au moment où les contours de son père se dessinaient sur le perron. Quand il comprit qu'il s'agissait de sa fille, il lui fit signe et s'avança à la rencontre du conducteur. Les deux hommes se serrèrent la main.

— Merci beaucoup d'avoir permis à Lola de venir jusqu'à nous. Cette grève nous rend vraiment la vie compliquée.

— Je vous en prie, c'était sur la route…

Deux têtes blondes jaillirent simultanément et coururent vers Lola. Au contact des petites bouches sucrées et moelleuses, le visage de la jeune fille s'éclaira. Elle se baissa et se laissa enlacer par les jumeaux. Avant de se rembrunir quand elle vit la silhouette élancée de Florence s'avancer d'une démarche hautaine. La femme approcha son visage de l'adolescente et colla sa joue par deux fois contre la sienne sans esquisser la moindre bise.

— Tu as fait bonne route ?

— Ça a été.

— Très bien.

— Ouais.

— Tu vas dormir dans la chambre verte. Laisse-moi juste le temps d'enlever la planche à repasser et tu pourras prendre tes quartiers.

Lola se rappelait ce que son père avait promis avant de partir à Marseille : « Tu auras ta chambre rien qu'à toi. » Comme si cela pouvait suffire à faire passer la pilule. De toute façon, il avait menti, son père était le dieu des promesses en l'air. À moins que ce ne soit Florence qui n'avait pas été d'accord pour sacrifier une pièce. Ce qui ne changeait rien au résultat : Lola était systématiquement logée dans une des chambres d'amis, comme une copine de passage. Ici, elle n'était qu'une invitée, quelqu'un que l'on casait entre la pile de linge et les jouets des jumeaux.

— En attendant, tu n'auras qu'à prendre une douche dans le *pool house* avant de rentrer dans la maison. Il y a des serviettes propres sous le lavabo et du gel douche sur le portant si tu n'en as pas, dit encore Florence sur un ton dédaigneux, en la toisant de haut en bas.

— C'est tellement gentil de ta part de me prêter un peu du gel douche que mon père a payé.

— Lola, ne commence pas à faire ta mauvaise tête, intervint son père, avant de sourire à Denis d'un air mi-complice mi-las. C'est pas simple, à cet âge-là…

— Oh, je crois que c'est compliqué à tout âge, répondit pensivement Denis.

— C'est ton amoureux? s'enquit brusquement l'un des garçonnets en désignant Ludovic.

Lola sentit le rubicond lui monter aux joues. Pour dissiper la gêne, elle entraîna les jumeaux vers le coffre du minivan. Elle avait quelque chose de sensationnel à leur montrer.

Face à Hector et Sarah, leurs yeux se changèrent en calots. D'immenses billes vertes étonnées et ravies.

— Je vous présente Sarah, mon chien!

À ces mots, le chien bondit du coffre et se mit à lécher les joues des enfants.

— Seigneur ! s'écria Florence en attrapant chacun de ses fils par une main pour les faire reculer, avant de plisser les yeux. Comment ça, « ton » chien ?

— Bah oui, c'est mon chien, rétorqua-t-elle en le caressant entre les deux oreilles. Il va passer les vacances avec moi. Ça vous dit, les p'tits bouts ?

Les enfants glapirent de joie. Lola, elle, jubilait. La mine contrariée de Florence était une petite victoire.

— Et y a une poule aussi ! s'exclamèrent les garçonnets en sautillant et en riant.

— Est-ce que je peux vous proposer un rafraîchissement ? proposa le père.

Lola sourit. Gagner une heure, dix minutes, dix secondes.

— C'est très gentil, mais nous avons encore pas mal de trajet à faire et…

Raté, il n'y aurait pas de rab de bonheur. La jeune fille baissa la tête.

Les deux adolescents s'éloignèrent de quelques pas pour se dire au revoir. Ils se cachèrent pour s'embrasser une dernière fois. Se promirent qu'ils se reverraient très vite. Qu'ils s'appelleraient. Qu'ils s'écriraient. Et qu'ils n'oublieraient jamais. Jamais.

Puis, bon an mal an, il fallut se lâcher. Dissimuler les larmes qui gonflaient les paupières et imbibaient les cœurs. Ne pas se dire je t'aime, mais le penser très fort, d'autant plus fort que c'était la première fois.

Se faire signe à travers la vitre. Avoir peur d'avoir rêvé ces dernières heures hors du temps.

Se regarder s'éloigner dans le contre-jour d'un coucher de soleil en regrettant tellement de ne pas être plus grand.

Craindre que tout s'arrête parce que, si ça se trouve, Ludo ne l'aimait pas. Si ça se trouve, Ludo l'avait déjà oubliée.

48.

Denis conduisait. De temps en temps, son regard obliquait vers son fils, assis sur le siège passager. Tourné de trois quarts en direction de la vitre, Ludovic égrenait sa peine en regardant le paysage. Le soleil orange maquillait son visage triste, les arbres qui bordaient la côte ombraient sa peau diaphane.

Parfois, l'adolescent portait la main à ses yeux. Denis devinait que son fils s'échinait à construire un barrage autour de ses larmes. Le genre de barrage dont lui-même connaissait le plan par cœur. Lui aussi avait retenu ses larmes un paquet de fois.

Le chagrin de Ludovic l'émouvait. Il savait pertinemment ce que son fils pouvait ressentir. Mieux que quiconque, il était familier de l'empreinte que laisse l'être aimé au fond du ventre quand il n'est plus là. S'il le pouvait, Denis prendrait la douleur de son fils et la rangerait tout au fond de son ventre à lui. Le protéger des vicissitudes de l'existence. Faire qu'il ne souffre jamais.

— Ça va ? prononça-t-il enfin pour engager la conversation.

Ludo cala sa tête contre l'appui-tête et tendit son cou davantage afin que son père ne puisse pas distinguer l'accablement sur son visage, avant de balbutier un « ouais » recroquevillé qui eut le plus grand mal à sortir.

— C'est pas facile, hein ? insista Denis.

Cette fois, Ludovic tourna la tête et offrit à Denis des paupières rougies et des pupilles brillantes emballées dans un sourire chiffonné.

— Non, c'est pas facile…

— Tu veux qu'on en parle ?

L'adolescent haussa les épaules.

— Pour quoi faire ? Ça changera rien de toute manière.

— Juste parce que ça fait du bien de parler.

— …

— Lola est une chouette fille.

— …

— Et je suis certain qu'elle tient beaucoup à toi.

— …

— Tu veux qu'on mette un peu de musique ?

— Si tu veux.

Un slow des années 90 résonna en sourdine dans les enceintes. Denis éternua. Hector caqueta de surprise, avant de recouvrer la torpeur qui ne la quittait plus depuis que Sarah n'était plus dans le coffre.

— Et toi, avec Maman ? demanda soudain Ludo.

Denis se cramponna un peu plus fort à son volant. Sans quitter la route des yeux, il bredouilla :

— Oh, tu sais, Maman et moi, c'est un peu compliqué.

— Ça t'a fait mal quand elle est partie ?

Denis orienta brièvement son regard vers son fils. Il s'arrima ensuite de nouveau à la route. Lâcha, dans un soupir :

— Ça m'a anéanti.

— Tu lui as dit avant qu'elle parte que tu ne voulais pas qu'elle s'en aille ?

— Non.

— Pourquoi ?

— Ah, pourquoi... pourquoi, répéta-t-il encore tandis qu'il cherchait une réponse. Je suppose que c'est parce qu'on est parfois un peu idiot.

— Ouais, convint l'ado.

— Et toi, tu as dit à Lola ce que tu ressentais ?

L'adolescent secoua la tête.

— Je peux pas faire ça. Et si elle ne pensait pas la même chose ? Ça serait la honte absolue.

— On risque de perdre les gens si on ne leur dit pas qu'on les aime. J'en sais quelque chose. En tout cas, ça vaut la peine d'essayer.

— Je lui enverrai peut-être un SMS quand je pourrai brancher mon téléphone.

Denis sourit. Ludo était plus courageux que lui. Ce SMS, voilà plus de trois ans que lui-même s'était montré incapable de l'envoyer à Sandrine. Il avait fallu qu'il apprenne par inadvertance qu'elle s'apprêtait à en épouser un autre pour réagir. La vie était quand même bizarrement fichue. En attendant, son fils ne ferait pas la même erreur. D'ailleurs, la perspective d'avouer ses sentiments à Lola lui avait redonné des couleurs.

Denis remarqua la lettre que son fils tenait à la main. Il désigna l'enveloppe d'un mouvement du menton.

— C'est Lola ?

— Ça ? Non, je l'ai trouvée par terre quand on est remontés dans la voiture.

— Ah oui ? Et qu'est-ce qu'il y a d'écrit sur l'enveloppe ?

Ludo lut en silence.

— Ça doit être à toi. Y a écrit ton nom, une adresse barrée et « N'habite plus à l'adresse indiquée ».

Denis fronça les sourcils, intrigué :

— Montre-moi ça.

Ludo lui tendit la lettre. Tout en conduisant, Denis prit connaissance de l'inscription. Il arrêta ensuite le véhicule sur le bas-côté. Déchira l'enveloppe. Scruta la carte d'anniversaire orange où un singe était affublé de cotillons. L'ouvrit en deux. Découvrit une écriture serrée.

Ses yeux roulèrent de gauche à droite, revinrent à la ligne, dix fois, cent fois. Il fallait au moins ça pour que le sens s'imprègne.

Ludo, lui, trépignait.

— Alors ?

Denis regarda son fils, hagard. Il ne parvint pas à articuler la moindre syllabe. Les mots tintinnabulaient dans sa tête, les souvenirs, les malentendus aussi. Le temps qu'on perd, les jugements, les apparences.

La lettre tremblotait entre ses doigts. Des tressautements en forme de remords.

49.

SANDRINE – 2012

Cher journal,

Je lui avais donné rendez-vous dans le café qui fait l'angle, celui avec la devanture en toile rouge et or. Le temps était maussade. Une demi-heure avant, une averse avait défiguré Paris. Les réverbères se reflétaient sur le sol détrempé, les vitrines ruisselaient, des torrents dévalaient dans les caniveaux et charriaient des bouts de sacs en papier.

J'étais assise depuis une éternité. J'avais voulu arriver en avance, prendre de l'élan.

J'ai passé une heure à réfléchir, à me tordre les doigts, à ne pas boire ce chocolat chaud qui avait refroidi, à contempler la pluie et les parapluies qui poussaient comme des champignons, à regarder les clients aller et venir, s'asseoir, discuter, s'engueuler, parler au téléphone et griffonner sur du papier journal. Une heure à me demander quelle utilité pouvait bien avoir ce cendrier maintenant qu'il était interdit de fumer dans les lieux publics. Une heure à observer le tenancier du bar qui, un torchon sur l'épaule, commentait en bougonnant les informations diffusées en direct sur l'écran suspendu au-dessus du zinc.

Denis est arrivé. Ses vêtements étaient humides, ses joues froides. Quand il s'est penché pour déposer un baiser sur mes lèvres, une goutte a coulé sur la table, près de ma main.

Il m'a demandé si je prenais quelque chose. Il a commandé un déca allongé.

Autour de nous, le monde gesticulait. Denis regardait le sol, il évitait mon regard aussi soigneusement que j'évitais le sien.

Et je me suis lancée. Je lui ai dit, c'est difficile, mais je crois que c'est mieux, pour nous, pour Ludo aussi ; je ne veux pas attendre de ne plus pouvoir nous supporter, je ne veux ni portes qui claquent ni mots acerbes. Tu m'as offert un fils formidable. Ce que nous avons vécu était merveilleux. Mais nous ne pouvons pas vivre sur des souvenirs. J'ai essayé, je te promets, de me convaincre, de faire en sorte que le feu revienne. Mais j'ai échoué à retrouver l'étincelle. Pardon pour ça.

Il m'a répondu qu'il comprenait, que je prenais la bonne décision, que j'avais toujours été plus courageuse que lui, qu'il enviait ma force.

J'ai frissonné. Ses paroles m'ont ramenée à Camille. Aux larmes que je n'étais pas parvenue à verser. À la dépression qui l'avait englouti, lui.

Il se trompait. Je n'étais pas aussi forte qu'il le pensait, j'étais lâche au contraire, assez lâche pour partir. De la

force, il en aurait fallu pour continuer à croire en nous. Et je n'y croyais plus. J'avais besoin de donner du sens à ce petit cercueil blanc.
Le serveur a déposé le décaféiné et l'addition devant Denis. Mon mari a sorti la monnaie de sa poche, puis il m'a demandé :
— Et tu as des projets ?
— J'ai trouvé un poste dans une ONG. Je pars en Namibie pour participer à l'ouverture d'une maternité.
Il a opiné sans y croire tout à fait. Que je mette autant de kilomètres entre nous le prenait sans doute au dépourvu.
— Le départ est prévu bientôt ?
— Dans une semaine. J'irai à l'hôtel en attendant.
— Tu peux rester à la maison. Tu es chez toi.
— Je ne préfère pas.
Il a dodeliné de la tête pour me signifier qu'il comprenait.
— Je ne pars pas pour toute la vie, c'est juste quelques mois, je reviendrai auprès de Ludo.
Mes yeux se brouillaient. Les siens aussi.
— On va lui expliquer, il comprendra, ne t'en fais pas.
C'est lui qui me rassurait alors que c'était moi qui me défilais. Je me suis trouvée lamentable, j'ai eu soudain envie de faire marche arrière.
— Je te souhaite d'être heureuse, a-t-il prononcé alors que je luttais pour tenir bon.
C'est à ce moment-là que j'ai croisé le bouquet de fleurs par terre, sur le sol, au pied de la chaise de Denis. Des pivoines blanches et roses, entourées d'un papier cristal mouillé. Ça m'a un peu décontenancée, je ne m'y attendais pas. Denis a vu que j'avais vu. Il a esquissé

un sourire triste sous ces cernes sombres et ses paupières lourdes de nuit sans sommeil.
J'avais oublié qu'aujourd'hui, nous fêtions nos treize ans de mariage.
J'ai voulu tendre la main vers la cicatrice sur sa joue.
Je me suis ravisée.

50.

Après leur départ, Lola prit sa douche et monta dans la chambre avec Sarah malgré les récriminations de sa belle-mère. Elle feignit de ne pas entendre qu'on l'appelait pour dîner, brancha son téléphone, enfonça ses écouteurs dans ses oreilles et s'allongea sur le lit dont les draps sentaient une odeur inconnue. Elle pleura au son d'une chanson sirupeuse qu'elle écouta en boucle, le nez enfoui dans le pelage noir de Sarah, tout en faisant défiler la collection de photos qu'elle avait prises durant tout le périple.

Son père frappa à la porte.

— Je peux entrer ?

Elle s'essuya les yeux, baissa le volume de la musique sans pour autant retirer ses écouteurs.

— T'es déjà là.

— Tu sais, le chien, c'est…

— Je sais, ça plaît pas à « Madame ».

Ses doigts avaient agité des guillemets quand elle avait prononcé ce dernier mot.

— Il faudrait que tu lui laisses une chance. Florence a vraiment envie d'apprendre à te connaître mieux.

— T'auras qu'à lui dire que ça me fait une belle jambe.

— T'es dure avec elle…

— …

— Tu pleures ?

— Non.

— D'accord.

Les mains dans les poches de son jean bleu, son père obliqua vers la fenêtre et regarda le paysage par la vitre. Il prit une inspiration.

— Et sinon, ton voyage s'est bien passé ?

— Super.

— Ils avaient l'air sympa.

Lola sentit les larmes affluer de nouveau. Elle supplia en son for intérieur son père de décamper. Elle voulait pleurer en paix, ne plus faire que ça.

— Ouais.

— C'est bien, répondit-il en se grattant le menton. C'est très bien.

Avant d'ajouter, histoire de faire durer la conversation :

— Et ils vont où comme ça ?

— À Porto-Vecchio. Pour un mariage.

— Ah oui ? J'espère qu'ils sont au courant pour les ferrys.

Lola se raidit.

— Y a un problème avec les ferrys ?

— C'est la grève, ma chérie. Les gars du port ont décidé de s'y mettre aussi. Ça s'est décidé cette nuit en assemblée générale. Ils me l'ont annoncé quand je suis arrivé au bureau ce matin.

— Mais tu peux pas leur dire de reprendre le travail ? s'écria Lola.

— Voyons, mon cœur, je n'ai pas autant de pouvoir, la grève est un droit.

Lola était affolée.

— Mais il y a plein de gens qui avaient sûrement réservé, c'est pas juste pour eux ! Ils peuvent pas les laisser tomber !

Son père se fendit d'un sourire tranquille, paternaliste, presque condescendant. Il souriait, comme si tout allait pour le mieux dans le meilleur des mondes. Il souriait, comme si tout n'était pas en train de prendre l'eau.

— Il n'y a quand même pas mort d'homme, tu prends les choses trop à cœur. Remarque, j'étais pareil à ton âge.

Lola leva les yeux au ciel. Son père, pareil au même âge ? Impossible, on ne passe pas de l'Amazonie au pôle Nord en une seule vie.

Pas mort d'homme, se répéta-t-elle tristement, atterrée.

L'image de Denis combattant seul les troncs d'arbres tamponna alors la mémoire de la jeune fille. Il aimait tellement sa femme que lui interdire de la rejoindre, c'était le tuer un peu. Alors si, il y avait « mort d'homme » justement. On pouvait mourir sans mourir. Et vivre sans vivre. Il n'y a rien de plus silencieux qu'un cœur qui se désagrège, rien de plus dramatique qu'un espoir éparpillé au vent.

— Allez, viens dîner, Florence a préparé une salade d'endives aux oranges.

— Je déteste les endives.

Son père s'approcha d'elle.

— J'ignore ce qui s'est passé depuis que tu as quitté Montargis, mais je vois bien que tu es très fatiguée. Je comprends que tu sois chamboulée, le voyage a été long. Mais… tu ne vas quand même pas nous inventer une nouvelle fugue, hum ?

Pour toute réponse, elle haussa les épaules, boudeuse. Une idée, pourtant, commença à germer.

— J'arrive, dit-elle, soudain souriante, en bondissant sur ses pieds.

— Et les endives ? s'étonna son père, décontenancé par ce changement d'attitude. Tu les aimes finalement ?

— Je mangerai les oranges, j'adore les oranges.

51.

« *Fiston,*

Nous y sommes, tu fêtes aujourd'hui tes 18 ans et ça me fait tout drôle. Ça en fait du chemin. À toi les virées, les filles (autant que tu veux, mais toujours sans faire mal), l'université, le vote (même si c'est juste pour remplacer Pierre par Paul ou Jacques, il faut y aller quand même, ne serait-ce que pour avoir le droit de râler), les copains, la musique, le permis de conduire.

J'imagine qu'ils sont tous en train de te demander ce que tu comptes faire de ta vie. Réponds-leur que tu en feras bien ce que tu voudras, que ça ne regarde que toi. Tu n'as de comptes à rendre à personne sauf à toi-même. Ta liberté est ton bien le plus précieux. Les gens aiment les trajectoires tracées, ça les rassure. Ne te laisse pas abuser par les plans qu'ils tirent sur la comète, ils perdent bien souvent leur rêve dans les crédits qu'ils prennent pour payer leur baraque ou leur bagnole. À croire qu'ils oublient qu'ils partiront pas

avec. Bref, fais gaffe aux vitrines, elles ne brillent que grâce aux lumières artificielles.
Mon Dédé, je te souhaite un joyeux anniversaire et des rêves à foison.
Ton papa qui t'aime.
J'espère que le minivan te plaira. Il est un peu vieillot, mais c'est un Volkswagen, ça en a sous le capot. »

Denis revint à l'enveloppe. Le timbre avait été oblitéré en 1992, la lettre postée depuis un village tout proche de celui de la maison de son enfance. En un éclair, il revit le minivan sur le pas de la porte, les clés dessus, sa mère lui souhaitant un bon anniversaire, elle que la route effrayait.

Quelque chose lui échappait. Se pouvait-il que ce cadeau provienne de François ? du grand absent ? Et pourquoi n'avait-il jamais reçu cette lettre ? Et qui avait bien pu barrer l'adresse et indiquer, en gros, dessus, la mention « *N'habite plus à l'adresse indiquée* » ?

— Papa, ça va ? s'alarma Ludo. T'es tout blanc…

Denis avait la nausée, les questions se pressaient dans sa tête, tant de questions, c'était vertigineux.

Son regard croisa tout à coup la boîte à gants, au niveau des genoux de son fils. Il se souvint de l'avalanche de courriers que son père s'était empressé de ramasser un peu plus tôt. Alors il tendit la main et s'acharna sur la poignée.

Qui tint bon.

Denis pesta, jura, s'essouffla. Bon sang, il devait savoir s'il s'était construit sur un mensonge ou non.

— C'est ça que tu cherches ? grimaça Ludo en agitant devant lui une petite clé.

Sur ses cuisses, la veste que François avait oubliée sur le siège.

Denis prit la clé. Comme il tremblait et peinait pour l'enfoncer dans la serrure, son fils la récupéra et guida la main de son père.

Le bazar de François s'écroula sur le sol dès que le capot de la boîte à gants fut ouvert. Brosse à dents, dentifrice, mini-vaporisateur d'eau de Cologne, peigne où ne subsistaient que trois dents. Et des lettres.

Plein.

À son nom à lui.

Et toujours cette mention : « *N'habite plus à l'adresse indiquée.* »

La gorge sèche, il en ouvrit une, au hasard.

Une carte d'anniversaire, encore. Un cheval avec un chapeau pointu.

« *Fiston,*

Bon anniversaire mon petit gars ! Douze ans aujourd'hui, ça se fête. J'aurais aimé le fêter avec toi, mais on ne fait pas toujours ce qu'on veut. J'espère que tu ne m'en voudras pas trop. Est-ce que tu as prévu une journée avec tes copains ? Comment est ton gâteau d'anniversaire ?

Et la cinquième, comment ça se passe ? N'oublie pas de bien travailler au collège. Pas vraiment parce que ça te permettra d'avoir un bon métier; ça, c'est ce qu'ils te racontent pour que tu te tiennes à carreau, mais pour être tranquille. Parce que la tranquillité, ça n'a pas de prix.

J'espère que tu n'es pas trop grand pour les voitures télécommandées. Le vendeur m'a dit que c'était du dernier cri. Il a aussi raconté que c'était incassable, mais on connaît les vendeurs, je parierais pas dessus. Ton papa qui t'aime. »

Denis n'eut pas à fouiller longtemps dans sa mémoire avant d'y trouver le gâteau que sa mère avait préparé pour des amis qu'il n'avait pas invités, lui que désormais les fêtes d'anniversaire débectaient au plus haut point. Le vœu qu'il avait prononcé si fort dans sa conscience en soufflant sur ses bougies. *Qu'il revienne. Qu'il revienne.*

Le paquet cadeau bleu nuit que lui avait tendu sa mère juste après, les étoiles et les petites lunes dorées dessinées dessus. La surprise qu'il avait cru déceler dans son regard à elle quand il avait mis au jour la Formule 1 radiocommandée. La surprise. Évidemment, puisque sa mère découvrait le cadeau en même temps que lui…

Des dizaines de lettres pour lui souhaiter un bon anniversaire, un joyeux Noël, de joyeuses Pâques, de belles grandes vacances, bonne chance pour le brevet, le bac, ou simplement pour lui dire l'espoir de le revoir un jour, les demandes de pardon pour ne pas être là.

Cette fichue mention sur chacune des enveloppes. « *N'habite plus à l'adresse indiquée.* » Comme une sentence irrévocable, une fin de non-recevoir.

Les années défilaient dans les oblitérations à moitié effacées des timbres. Son père avait été là, année après année. Il ne l'avait pas abandonné. Il n'était pas le grand absent.

Les cartes humoristiques jaunies lui arrachèrent des sourires attendris. L'une d'entre elles représentait un père et son fils en train de pêcher sur un lac. La légende disait : « *Papa, c'est comme le vieux camembert, il coule tout le temps.* »

Denis songea alors à son silence involontaire qui avait dû maintes fois briser le cœur de son père.

À l'égoïsme de sa mère qui n'avait pas jugé utile de lui remettre les lettres qui lui étaient destinées.

À leur dernière discussion, aux reproches qu'il assénait sans cesse à son père depuis qu'il était réapparu. À la blessure qu'il n'avait cessé de lui infliger en lui rappelant quel mauvais père il avait été. À François qu'il n'était jamais parvenu à appeler Papa. Au vieil homme qu'il avait vu rétrécir dans le rétroviseur.

À ces raisons qui lui échappaient encore. Aux réponses qu'il n'aurait peut-être jamais. À ce point d'interrogation posé sur son existence dont il allait devoir s'accommoder.

Au gâchis.

— Papa…, lui dit doucement Ludovic.

Denis essuya ses paupières du plat de la main et renifla avant de bredouiller, les yeux rivés au pare-brise et à l'amorce du coucher de soleil sur la mer étale :

— Ton père est un imbécile.

— Tu pouvais pas savoir. Et si tu l'appelais ?

Denis montra son Smartphone aphone, son écran désespérément noir. Son fils posa la tête dans le cou de son père et lui susurra :

— Pas de regret, Papi n'avait plus de crédit sur sa ligne de toute façon… Qu'est-ce que tu veux faire ?

— Cotcotcot, renchérit Hector.
Denis sourit tristement.
Puis il retint un éternuement.
Et redémarra.

52.

SANDRINE – 2014

Cher journal,

Ils appellent ça : « Divorce par consentement mutuel. » Une convention rédigée par deux avocats, l'envoi en recommandé de la convention aux deux parties pour signature, suivi du dépôt de la convention auprès d'un notaire.

C'est très simple de se dire au revoir.

Trop simple.

Tant mieux. Tant pis.

Je suis rentrée effectuer les formalités et embrasser mon fils. C'est fait. Je repars demain en Namibie.

Denis et Ludo sont venus me chercher à l'aéroport la semaine dernière.

« En fait, vous pourriez vous remettre ensemble », a dit notre fils sur le ton de l'évidence.

On pourrait, oui.

On pourrait se donner une nouvelle chance. S'octroyer du temps. Y réfléchir au moins. Et, en attendant de se mettre d'accord, jouer au papa et à la maman, parader, câlin tendresse devant la télé, câlin tendresse à défaut de câlin passion.

J'ai dormi à l'hôtel, avec Ludo. Il a tellement grandi, tellement changé. Où sont passées ses joues rondes, ses chevilles potelées, ses mains de petit gars maladroit collantes de pâte à tartiner ? Tout ce que j'ai loupé m'a sauté à la gorge cette semaine. Ludo ne m'en veut pas, je crois. Il a compris. Il fait preuve d'une incroyable maturité. Je voudrais lui dire merci. J'ignore comment on remercie un fils qui vous accorde la permission de partir.

Lorsque je suis dans la maternité flambant neuve, là-bas, à quelques kilomètres de la frontière avec le Botswana, son souvenir ne me quitte pas. Mon manque de Ludo est abyssal. Alors je songe à rentrer.

Bientôt, c'est promis.

Dès que le cercueil blanc et mon tout petit bébé à l'intérieur cesseront de hanter mes jours et mes nuits.

Je sens bien que je suis sur la voie de la guérison, que faire naître des bébés façonne mon deuil et lui donne une forme acceptable. La reconstruction est longue et parsemée d'embûches, mais tous ces nourrissons que nous sauvons sont la preuve que le départ de Camille n'aura pas été vain.

Pour ma dernière soirée, nous avons dîné au restaurant tous les trois, Ludo, Denis et moi. Ludo a insisté pour que nous nous rendions dans notre pizzeria. Denis et moi, nous avons voulu lui faire plaisir. Ludo faisait la conversation. Nous avons ri, nous avons blagué.

Quand notre fils s'est absenté pour se rendre aux toilettes, nous nous sommes retrouvés comme deux ronds de flan. C'était compliqué. Trop de choses à se raconter, mais rien à se dire. Nos mains se sont cherchées sur la nappe, nos pieds se sont croisés sous la table par inadvertance, difficile de ne pas se toucher, nous qui nous connaissons par cœur. L'odeur de la peau de Denis sur la mienne, je l'aurais sans doute jusqu'à la fin de mes jours. L'empreinte de son corps a dessiné une carte sur le mien. Quoi qu'il arrive, il restera mon territoire.

Denis tripotait sa fourchette, évitait mon regard. C'est moi qui ai fini par entamer la conversation :

— Ça va, toi ?

— Oui, et toi ?

— Ça va.

— Et la Namibie ?

— Beaucoup de bé... de travail, les conditions sont difficiles, mais c'est à chaque fois une petite victoire. Et toi, le boulot ?

— Oh, moi, tu sais, la routine, Richard et ses costumes, les actionnaires et leurs actions, les présentations PowerPoint. Je crois bien que je me rouille.

Un sourire. De chaque côté de la table.

— Vous me manquez.

— Toi aussi, tu nous manques.

Ludo est revenu s'asseoir. Nous nous sommes raidis, comme si nous craignions d'être pris en flagrant délit de laisser-aller.

Je n'ai pas beaucoup mangé. Denis non plus.

Dans quelques heures, je serai dans l'avion. J'écris sur ce journal et je pleure. La vie nous a fait du mal. J'aurais voulu que les choses se déroulent autrement. Nous nous sommes tant aimés.

53.

La côte miel. Le soleil sur le point d'être avalé. Le port. Le vent dans les câbles. Un patchwork de bateaux amarrés aux bouées, ondulant sur les flots placides. La ville à quelques encablures. Un vieux couple déambulant, pas synchrones, main dans la main. Des grappes de jeunes gens qui fument et se cherchent. Des éclats de rire.

— Désolé, monsieur, il n'y a plus de départ jusqu'à nouvel ordre, prononça la femme en fermant son comptoir. La situation bouge tous les jours, revenez demain, peut-être que ça aura repris, mais je peux pas vous le promettre.

Denis ne répondit pas que demain, ce serait trop tard, que la course contre la montre entreprise deux jours auparavant se solderait par un échec, qu'il aurait perdu Sandrine.

L'adolescent, lui, plaida qu'elle ne se rendait pas compte, que c'était normal d'ailleurs, qu'elle ne pouvait pas savoir que c'était une question de vie ou de mort, qu'il devait bien y avoir une solution. Ludovic montrait tant d'empressement à défendre le projet fou de son père que le cœur de Denis se gonfla.

— Je peux rien faire, coupa malgré tout la femme en enfilant la bandoulière de son sac à main. Je suis désolée, c'est pas moi qui conduis les bateaux.

Mais père et fils refusèrent de s'avouer vaincus. Mus par une audace formidable, ils enjambaient des parapets, sautaient de bateau en bateau et demandaient à tous les skippers qu'ils croisaient s'ils ne voulaient pas aller en Corse.

Ils s'étaient entendu répondre par la négative près d'une dizaine de fois, sans savoir si c'était la traversée qu'on refusait ou l'accès à son embarcation à ces deux hurluberlus sales et mal fagotés. De guerre lasse, Denis et son fils ralentirent. Le pas, les demandes. Peu à peu, la résignation gagna les ventres et courba les nuques : c'était fichu, terminé. Dégagez y a rien à voir, ils n'iraient pas en Corse.

Denis et Ludo s'immobilisèrent pour envisager les deux énormes bateaux inutiles, accrochés un peu plus loin. Côte à côte, mains dans les poches, écartements de pieds identiques, les contours du père et du fils se dessinaient dans le clair-obscur tandis que la ligne d'horizon engloutissait le soleil et leurs espoirs.

— Je suis désolé, Papa, murmura l'adolescent.

— Ce n'est rien, va.

Denis déglutit. Ce n'était rien, ça allait passer, ça passait toujours. Parfois on gagne, parfois on perd, ce ne serait jamais un drame, on vivrait sans ou avec, voilà tout.

— On rentre chez nous ? demanda Ludo.

Denis opina.

— On rentre chez nous.

Le père embrassa son fils sur la tempe. Alors qu'ils se dirigeaient vers le minivan, le jeune garçon s'arrêta.

— Regarde !

Denis suivit des yeux la direction qu'indiquait Ludo.

Un homme. Assis contre une bite d'amarrage. Voûté. Le regard tourné vers la Méditerranée. Un sac noir avachi entre ses pieds.

— Papi ! s'exclama Ludo en adressant de grands signes à François.

Celui-ci pivota et gratifia son petit-fils d'un discret salut de la main.

Denis marqua un temps d'arrêt devant l'homme vieilli. Il baissa les yeux, submergé par l'émotion.

— Ouf hein, j'ai bien cru que j'vous avais loupés, balbutia François quand ils s'approchèrent. J'ai dû oublier ma veste dans ta chariote, fiston. Tu l'aurais pas vue des fois ?

— Elle est dans… elle… enfin… dans…

Les mots stagnèrent au fond de la gorge de Denis. Seuls finirent par sortir :

— Oh Papa, pardon.

Et il tomba dans les bras de son père, bouleversé comme le petit garçon de 10 ans convaincu d'avoir été abandonné le jour de sa fête d'anniversaire.

La dernière fois qu'il avait étreint son père, il s'était fondu dans le corps d'un homme vigoureux. Denis se souvenait comme si c'était hier de la saillie des muscles, la force des bras, les joues pleines, les piqûres de la barbe de trois jours.

À présent qu'il l'enlaçait, il se rendit compte que le temps avait fait son œuvre : les vêtements légers laissaient transparaître les épaules maigres, la colonne vertébrale courbée, le parchemin de la peau. Comme un écho tangible aux années gaspillées, la fragilité de son père le déstabilisa.

— Tu sais, bredouilla François d'une voix chuintante, ce n'était qu'une vieille veste, ça vaut pas le coup d'se mettre dans un état pareil…

Sans lâcher son père, Denis émit un rire doux, complice de l'humour un peu forcé de François qui colmatait comme il pouvait les brèches de sa pudeur.

Denis songea que l'existence ne manquait pas d'ironie. Qu'il lui avait fallu perdre Sandrine pour retrouver son père.

Et son fils, qui se tenait à deux mètres d'eux, couillon comme l'adulte qu'il deviendrait, lumineux comme l'enfant qu'il n'était plus vraiment.

Finalement, dans cette affaire, on n'avait pas tout raté.

Personne n'était dupe pourtant, on ne rattraperait pas les dizaines d'années bâties sur un malentendu. Ce qui était certain en revanche, c'était qu'on s'efforcerait de renouer des liens que le destin avait distendus.

Ainsi, le cœur brisé de Denis trouvait là sa consolation.

C'était beaucoup. Et si peu à la fois. Comme l'image de Sandrine dansant au bras d'un autre le mettait en pièces, il serra son père plus fort. Ludovic vint à son tour s'agripper aux bras des deux hommes. Et, cramponnés les uns aux autres, tous les trois sanglotèrent sur les amours perdus, silhouette gigantesque dans l'ambre d'un ciel sans nuages, à l'image d'un roc malmené par les flots que jamais rien ne pourrait détruire.

— Ludo !

Engourdi par l'émotion, Ludo tourna lentement la tête vers la voix.

54.

Sarah sauta sur les trois hommes. La force du chien manqua de les déséquilibrer. Le gigantesque terre-neuve aboya sa joie de retrouver ses anciens compagnons. Tout autour, les passants s'étonnaient de la présence bruyante et envahissante du molosse.

Lola se tenait à deux mètres d'eux. Un immense sourire illuminait son visage. Un peu plus loin, son père l'attendait, adossé à son quatre-quatre, jambes croisées.

À la vue de la jeune fille dont les cheveux se soulevaient à la faveur de la brise légère, Ludovic ne se sentit plus de joie. Elle était revenue, c'était donc qu'elle avait pensé à lui et qu'elle l'aimait bien.

Qu'elle l'aimait, peut-être.

— Ouf, vous êtes pas encore partis ! Comment j'ai eu trop trop peur !

S'adressant au jeune homme :

— J'ai essayé de t'appeler au moins cent fois, mais j'tombe toujours sur ton répondeur. T'as pas pu le recharger ?

Ludo confirma.

Elle a essayé de m'appeler cent fois! Cent fois! se répétait-il, tout en priant pour que son bonheur ne transparaisse pas trop sur son visage.

— Alors, quoi de neuf? lança-t-elle.

Puis, voyant les mines bouleversées qu'elle interpréta comme elle put :

— Vous êtes au courant pour les ferrys…

Ludovic opina du chef.

— La grève, expliqua-t-il. Ici aussi. Pas de mariage pour nous.

Denis attrapa les épaules de son fils.

— On va rentrer tranquillement à la maison.

— C'est trop con…, souffla Lola en gonflant ses joues.

La lueur maligne de son regard contrastait avec la figure compatissante qu'elle s'efforçait de revêtir. Alors, n'y tenant plus, elle explosa :

— Trop con que vous soyez obligés de prendre la mer!

Ils se regardèrent, éberlués… et par son rire cristallin, et par ce revirement de situation.

— Mon père, c'est un des *big boss* de la compagnie des ferrys. Il a trouvé une solution. Si tout va bien, vous devriez arriver juste avant le début de la cérémonie.

Elle désigna un vieux rafiot qui approchait de la rive. Denis était bouche bée.

— Je ne sais pas quoi dire, bégaya-t-il.

— C'est pour vous remercier de m'avoir amenée ici, précisa Lola, c'est cool.

— Merci.

Elle rit encore.

— Si on se dit merci parce qu'on se remercie, ça va jamais se terminer. Je vous l'ai dit, tout va bien, c'est cool. Pour une fois que mon père a une bonne idée, ajouta-t-elle dans un clin d'œil.

Ludo entraîna alors Lola à quelques mètres de là. Il lorgna ses chaussures. La droite. La gauche. Puis il scruta un arbre, un oiseau, la lune qui se dessinait. Son cœur cognait dans sa poitrine.

— Ça va ?

— Ça va.

— Tu viens avec nous ?

— Non. Justement. Ça fait partie du deal.

Cette fois, il trouva le courage de la regarder dans les yeux.

— Quel deal ?

— J'ai promis à mon père que je me tiendrais à carreau s'il trouvait un moyen de vous emmener au mariage. En gros, pas de fugue, des efforts pour être sympa avec Florence et...

— Et ?

— Et Sarah. Il faudra l'emmener avec vous. Florence a peur des chiens. Et il paraît que les jumeaux sont allergiques.

Lola se pinça les lèvres et fit dériver son regard vers le ciel. Elle en avait gros sur le cœur.

Le sacrifice auquel Lola consentait en se résignant à ne plus voir Sarah était énorme. L'adolescent savait à quel point sa petite amie était attachée à l'animal.

— Je te la ramènerai après les vacances chez ta mère, je me débrouillerai, je te le promets.

La collégienne secoua la main, comme pour balayer le chagrin qui l'enserrait.

— Allez, faut y aller si vous voulez pas être en retard. Y a un mariage à sauver. Les divorces, ça craint trop. Il s'appelle comment le petit ami de ta mère ?

— Florent…

— Ça m'étonne pas, tiens…

— Lola ?

— Oui ?

— Merci.

Elle haussa les épaules.

Puis ils se regardèrent. Se sourirent. Et s'embrassèrent avec délicatesse. Un doux baiser, posé là comme un papillon sur une fleur.

Quelques minutes plus tard, alors que la nuit avait recouvert le port, le minivan était installé sur le petit bateau. Le chien se tenait à côté de Ludo, assis. La poule picorait le bois du pont.

— Au fait…, hurla l'adolescente dans un mégaphone alors que l'embarcation s'éloignait de la rive.

— Oui ? répondit l'autre à tue-tête.

— Faudra que tu penses à regarder ton téléphone quand tu trouveras une prise.

— Promis !

Les bras s'élevèrent.

Au revoir, Marseille.

Au revoir, la rive.

Le vent s'engouffrait dans les vêtements. Avec ces lumières qui trouaient l'obscurité et l'ondulation des eaux sombres, le jeune homme avait l'impression que le bateau qui les portait était seul au monde.

Qu'ils étaient seuls au monde.

Tout en caressant les oreilles du terre-neuve qui chougnait, Ludo surprit le regard de son père. Un regard où se mêlaient l'allégresse et la peur.

— Maman sera contente, tu verras, lui susurra Ludo.

55.

Le repas était terminé. On avait partagé du pain, du pâté et des cornichons sur une table en plein air. À présent, les deux membres de l'équipage, deux gaillards à qui le père de Lola avait promis monts et merveilles pour qu'ils acceptent d'effectuer cette traversée, chahutaient avec Sarah, Hector et Ludovic sur le pont.

Les yeux dans le vague, Denis contemplait l'horizon charbon et amadouait le présage de la côte prochaine, les mains croisées sur la rambarde.

François s'approcha. Quand, tout à l'heure, Denis l'avait enlacé sur le port, la stupeur l'avait d'abord empêché de réagir. Pendant un long moment, le septuagénaire avait gardé les bras le long de son corps, les mains ballantes, au son de ce « Papa » qu'il pensait ne plus jamais entendre. Plusieurs secondes avaient été nécessaires pour qu'il dépasse la surprise et déploie ses bras autour de son fils. Et puis il y avait eu l'arrivée de Lola, la bonne nouvelle de la traversée qui allait finalement avoir lieu. On avait dû remettre à plus tard les explications.

Mais on y était à présent.

— Salut, fiston.

Denis perdit le fil de ses pensées.

— Salut… Fr… Papa.

Le silence tenta de s'engouffrer entre les deux hommes. C'est Denis qui embraya pour l'enrayer.

— Je voulais te dire… J'ai bien reçu tes lettres. Elles sont arrivées avec un peu de retard, mais elles sont arrivées quand même.

François secoua la tête sans comprendre. Denis lui tendit alors quelques-uns des courriers qu'il avait remisés dans l'une de ses poches comme on garde un trésor.

— Ah…

— J'ai longtemps cru que tu m'avais oublié. En lisant ça, je me suis rendu compte que je m'étais trompé pendant trente-cinq ans. Ce que je ne comprends pas, c'est pourquoi Maman m'a caché tes lettres et tes cadeaux.

François soupira en sondant la nuit :

— Ne lui en veux pas, elle ne voulait que le mieux pour toi. Et dans ce « mieux » qu'elle imaginait, je n'faisais pas partie du décor.

— Pourquoi n'es-tu jamais venu me voir ?

— Je suis venu, Denis, des tas de fois. Devant ton école, devant ton collège, ton lycée. J'étais là quand tu cherchais ton nom sur le tableau d'affichage des résultats du bac. Je t'ai regardé partir à la fac, le jour de la rentrée. Tu portais un pull vert. Pas jojo, d'ailleurs, le pull.

Denis sourit.

— Mon pull porte-bonheur…

— J'm'en suis douté. Avec cette touche-là, ça pouvait pas être aut'chose qu'un pull porte-bonheur.

— J'aurais aimé savoir que tu étais là.

— J'ai pas osé, je voulais pas t'chagriner, ou abîmer la vie que ta mère et toi, vous vous étiez fabriquée après mon départ. J'aurais mis le bazar partout, tu vois bien, j'ai jamais su faire que ça. Tant que ta mère me renvoyait les lettres sans les ouvrir, c'est qu'elle était pas prête à me refaire une place dans vos vies.

— Et Maman ?

— Ah, ça, c'est compliqué. Un jour, tu devais avoir une huitaine d'années, je l'ai surprise avec un autre homme. J'ai essayé de pardonner, mais une fois que la confiance s'est fait la malle, c'est foutu. Je lui jette pas la pierre ; elle aussi, elle a essayé d'faire des efforts. Mais on est qu'des humains et on n'a pas su faire mieux que d'se déchirer pendant plus de deux ans, jusqu'à ce que je rencontre quelqu'un. Oh, c'est pas une excuse, j'sais bien, mais voilà, on s'rendait malheureux tous les deux, ça avait pas de sens de s'faire du mal jour après jour. Et puis tu étais là, toi aussi, on voulait pas t'donner ce genre d'exemple.

Les yeux de François dévièrent sur Ludovic.

— Là où ch'uis rassuré, c'est qu'ça t'a pas empêché d'être un bon père. Faut croire que j'aurai pas tout raté.

— Le débarquement est prévu vers 9 heures, intervint soudain l'un des marins après un aller-retour dans le poste de pilotage.

Instinctivement, Denis jeta un œil à sa montre. L'inquiétude ravageait les traits de son visage. François poussa alors doucement son fils de l'épaule :

— T'as une idée de c'que tu vas dire à Sandrine ?

— Pas vraiment, admit son fils, les yeux de nouveau rivés sur l'horizon tandis que le vent se mettait à souffler un peu plus fort.

L'eau s'écrasait sur la coque du bateau en pulvérisant ses embruns.

— Tu veux que j'te dise ? Tu devrais aller te coucher si tu veux pas faire peur à Sandrine en arrivant. T'en fais pas, j'm'occupe du gosse.

Denis s'exécuta. Mais, au moment de pénétrer dans la cabine, il se retourna. Son père avait adopté la même position que lui, un peu plus tôt : regard perdu au large, mains jointes au-dessus du bastingage.

— Papa ?

— Mmh ?

— Il y a quand même une chose que je n'arrive pas à comprendre : pourquoi tu as gardé le minivan ? Tu aurais pu le vendre mille fois, avec tes problèmes d'argent, ça t'aurait aidé.

— J'ai eu la flemme, va.

Là-dessus, il décocha une œillade amusée à son fils. Pour éviter de lui dire que les soirs où il ne savait pas où dormir, s'allonger dans le véhicule où son fils avait vécu tant de jolies choses lui faisait oublier tout ce qu'il avait loupé.

56.

Le ciel fut noir, tacheté d'étoiles.

Puis il fut jaune.

Enfin, il fut bleu.

Le bateau accosta. La Méditerranée ondulait avec douceur et produisait un léger roulis au clapot subtil et entêtant. Les flots scintillaient sous la caresse du soleil. Le paysage était à couper le souffle. Difficile d'imaginer que deux jours à peine les séparaient du béton gris et des immeubles haussmanniens peinturlurés de pollution.

Ils remontèrent dans le van et taillèrent la route dans la direction indiquée par des pêcheurs sur le port. Le mariage se tenait sur une petite crique, à l'écart des axes principaux, à une dizaine de kilomètres de là.

François insista pour conduire. Il était heureux, léger. Pour la première fois depuis un bail.

Au son de la musique des années 90 sourdant des enceintes, vitres presque toutes ouvertes, ils longèrent les falaises escarpées et les plages de sable blanc, s'extasièrent devant les sauts des *kitesurfers* et se firent klaxonner à plusieurs reprises. Au panneau, ils bifurquèrent sur un chemin.

Malgré les péripéties, ils seraient donc au mariage à l'heure. Tout pile, mais à l'heure. C'était inespéré, presque miraculeux.

Tout à ses pensées, Denis ne vit pas François froncer les sourcils. Il ne le vit pas non plus appuyer sur la pédale de frein. Appuyer encore. Et encore et encore et encore, de plus en plus fort.

Parce que les freins ne répondaient plus.

Au loin, un énorme rocher séparait le chemin en deux.

François jeta un œil paniqué au rétroviseur. Se cramponna au volant.

Et fit une embardée en songeant à ce fichu destin qui venait de leur faire un sacré pied de nez.

57.

Il y eut des cris de stupéfaction et de peur, assourdis par le choc des têtes heurtant les parois de l'habitacle au rythme effréné des aspérités du sol, des « haaaaaaaaaa » modulés selon que le combi s'envolait ou atterrissait près d'un arbre ou sur des rochers, des mains crochetées à ce qu'on pouvait attraper, des caquètements furieux et stupéfaits, un éternuement.

À l'intérieur, c'était interminable, ces secousses, ces secondes avant l'impact.

L'impact. Un tonneau. Et un deuxième.

Et, enfin, l'immobilité. Le drôle de calme, l'onde de choc.

Denis et François prononcèrent deux « Merde alors » simultanés. Puis Denis demanda si tout le monde allait bien.

— Ça va, bégaya Ludo, mais je serais mieux dans le bon sens.

— Ça aurait valu le coup de faire un contrôle technique avant de partir finalement, bredouilla

François en retirant le morceau de verre fiché dans son petit doigt.

Ils rampèrent à travers les vitres brisées pour s'extirper du van en s'aidant mutuellement. Pendant quelques minutes, ils envisagèrent les quatre roues en l'air qui tournaient dans le vide.

— On a eu de la chance, siffla Denis en se grattant la tête.

— Un sacré coup de bol, renchérit François.

Assis à côté d'eux, la langue pendante, le terre-neuve semblait partager l'avis général.

— On fait quoi du coup ? On laisse tomber ? s'enquit Ludo d'une intonation dépitée, en avisant son père qui n'osait pas poser son pied par terre.

François plaça sa main en visière au-dessus de ses yeux et pointa son index vers la plage, en contrebas.

— Ce serait dommage…

Le regard de Denis obliqua alors sur la mer azur, la crique de sable blanc qui ne paraissait pas bien grande vue d'ici, une assemblée de sièges disposés de part et d'autre d'une allée fleurie, un autel blanc sous une tonnelle.

Puis, revenant sur son fils et sur son père suspendus à ses lèvres :

— Il nous faut quoi pour descendre ? vingt minutes ?

Il retint une salve d'éternuements quand il attrapa la poule et entreprit de descendre la pente, soutenu à gauche par Ludo, à droite par François.

Le chien les devançait de deux mètres. Abrutis par le chant des cigales, ils dévalaient le versant, glissant parfois, s'agrippant aux genêts et aux tiges de lavande qui cassaient sous leurs doigts. Les semelles roulaient sur la terre aride et les cailloux. Chaque pas soulevait un nuage de poussière. Le soleil, déjà très haut, rosissait les nuques et imprimait sa marque sur les fronts.

De temps en temps, Denis gémissait de douleur. Sa cheville avait doublé de volume. Une belle foulure.

— Tu es sûr que tu veux continuer? s'inquiétaient tour à tour son fils et son père.

Il voulait. Si près du but, si près de Sandrine. Il ne renoncerait pas maintenant.

La plage se rapprochait. À présent, ils distinguaient l'hôtel qui la bordait, un bâtiment en pierre construit à flanc de falaise.

Attirés par des rires d'enfants, ils se retournèrent pour découvrir une grappe de gamins endimanchés occupés à se courir après et à grimper sur des cailloux. Au loin, on distinguait les récriminations d'un homme.

Tout à coup, Denis la devina.

À une cinquantaine de mètres, un peu plus bas, une silhouette blanche, sublimée par une robe en lin claire qui laissait apparaître les épaules et le milieu de son dos. Les cheveux remontés en un chignon flou. Pieds nus sur le sable.

Cette allure, ce cou, Denis les aurait reconnus entre mille.

L'élégance délicate, la grâce subtile de son ex-femme le cloua sur place. Interdit, il admira, de loin, celle qu'il aimait tant, ce corps qu'il avait étreint des milliers de fois, la colline de ces courbes graciles qu'il connaissait par cœur.

Soudain, il aperçut une petite fille. Elle courait vers elle, un bouquet d'orchidées à la main. C'était une fillette de quatre ou cinq ans, une rose blanche piquée sur un serre-tête qui couvrait ses cheveux blonds, presque blancs. Vêtue d'une robe ivoire à volants. Pieds nus, elle aussi.

Sandrine pivota vers l'enfant. Son profil délicat s'illumina d'un sourire quand elle se pencha sur le bouquet. Elle s'agenouilla, prit les fleurs avec douceur et déposa un baiser sur le jeune front avant de se relever. La petite fille engouffra sa main dans celle de Sandrine. Elles se retournèrent et contemplèrent, ensemble cette fois, l'horizon et l'océan.

Denis se pinça les lèvres. Sandrine avait l'air si heureuse. Il n'avait pas le droit d'abîmer son bonheur. Et tant pis s'il ne faisait pas partie de son nouveau décor.

Il sentit les doigts de son père enserrer son poignet droit, la paume de son fils appuyer plus fort sur son avant-bras gauche. Ils comprenaient.

Une larme roula sur sa joue.

Un homme, ça pleure, parfois.

Alors qu'il se résignait à faire demi-tour, le terre-neuve amorça un mouvement vers l'avant. Denis n'eut pas le temps de réagir que l'immense animal, attiré par le jeu de l'écume, s'élançait déjà vers la mer.

Non non non.

Quand elle vit le chien courir vers elle, Sandrine recula de stupéfaction en saisissant la fillette dans un mouvement réflexe. Puis elle balaya la plage à la recherche des propriétaires de la bête indélicate. Comme elle ne discernait personne, elle regarda un peu au-dessus.

58.

Sandrine écarquilla les yeux, surprise.

Se rendant compte qu'il était désormais impossible de s'enfuir, Ludovic descendit au-devant de sa mère. Derrière lui, Denis demeura figé quelques instants, ne sachant trop comment se comporter. Puis il leva sa main restée libre en guise de salut.

Songeant soudain à la drôle d'apparence qui était la sienne – visage poussiéreux, vêtements déchirés maculés de boue sèche et de fientes de poules, bras autour d'Hector le volatile –, il afficha un sourire contrit, l'air de dire : « Bah voilà. »

Bah voilà, je suis venu te dire que je t'aime et que ma vie sans toi n'est qu'une lente asphyxie. Que depuis que tu es partie, je suis une chaussette esseulée au fond du tambour d'une machine à laver, un coquelicot dans une navette spatiale, un pied de haricots oublié dans un jardin en friche.

Pourtant, il ne dit rien. Juste un sourire « Bah voilà », à coup de ne t'en fais pas pour moi.

Elle était belle. Plus belle que jamais. Sa beauté le bouleversait, tout comme ce regard brouillé, perdu, qu'elle lui lançait en ce moment, alors qu'elle embrassait leur fils.

Elle s'avança vers lui. Il lâcha son père et claudiqua jusqu'à elle.

— Tu es blessé…

Il déglutit. Sa gorge plus sèche qu'un terrain aride.

— Juste une foulure, ce n'est rien du tout, je n'ai même pas mal.

Elle opina en prenant une expression mutine et, décochant une œillade au volatile :

— C'est une jolie poule.

— Nous sommes inséparables, sourit-il.

— Et le chien ?

— C'est un pari sur l'avenir. Par les temps qui courent, l'arche de Noé me paraît être un bon investissement.

Les yeux de Sandrine brillèrent d'un éclat joyeux. Puis un rire discret, troublé, jaillit de sa gorge. Denis pensa qu'elle possédait le plus beau rire du monde. Et qu'il y avait des lustres qu'il ne l'avait pas entendu. Depuis Camille et le petit cercueil blanc.

— Je ne m'attendais pas à vous voir là, bégaya-t-elle, ébranlée, en essayant de reprendre son sérieux.

— C'est Ludo, il ne voulait pas rater ton mariage.

Alors Sandrine s'approcha de Denis.

Elle se mit sur la pointe des pieds.

Et déposa un baiser pudique sur sa joue, juste à la naissance de ses lèvres, en murmurant un « Merci » qui acheva de pulvériser son cœur.

Il n'était plus un enfant de 10 ans.

Il n'était pas un chevalier blanc venu enlever sa belle sur son fier destrier.

Il n'était qu'un homme, résolu à laisser la femme de sa vie voguer vers d'autres paysages.

59.

La cérémonie avait été magnifique. Des chants corses, la mer tout autour, une assemblée émue aux larmes.

Les informations avaient annoncé un peu plus tôt que la grève prenait fin. Demain, donc, ils repartiraient. Ludovic s'était éloigné des festivités. Il attendait près de l'une des prises électriques de l'hôtel que son Smartphone daigne enfin s'allumer.

De là où il était, il observait son père, la cheville bandée, occupé à discuter avec sa mère et Florent, son nouvel époux, une coupe de champagne à la main. De temps à autre, la petite fille blonde venait tirer sur la chemise propre qu'on lui avait dégotée, pour attirer son attention et lui montrer combien sa robe à volants tournait parfaitement.

François, lui, dansait le charleston avec une fringante sexagénaire tout en picorant sur les plateaux que des serveurs portaient à sa hauteur.

Ludo sourit. Il était incapable de mettre des mots sur ce qu'il ressentait. Cet étrange épilogue le rendait à la fois triste et comblé. Il ressentait une impression d'harmonie diffuse, comme si chacun avait finalement trouvé sa place.

Tout à coup, le téléphone tintinnabula au bout de son câble, mettant fin aux pensées mélancoliques du collégien. Il baissa la tête et réalisa que des dizaines de notifications clignotaient sur l'écran.

C'était Lola. Son cœur se mit à battre la chamade tandis qu'il ouvrait, une à une, les photographies que sa petite amie lui avait envoyées. Tout était là, dans l'ordre des événements.

Sous ses doigts défilaient tour à tour la mine blasée de Lola au moment de monter dans le minibus, à Montargis ; les cheveux ébouriffés de Ludo penché sur son téléphone ; la tête dodelinante de son père juste après qu'il avait postillonné son « Patacru mon cul » à Richard, sa bouche ouverte, endormi et saoul, avec la poule sur les genoux ; le visage consterné de Denis face au terre-neuve content ; les têtes trempées après l'ébrouement de l'animal ; les sourires goguenards de son grand-père et Lola, avec le gros museau en arrière-plan…

ÉPILOGUE
(BIEN BIEN PLUS TARD)

…Les sourires goguenards de son grand-père et Lola avec le gros museau en arrière-plan ; un selfie de Lola qui fait semblant de souffrir le martyre ; les lueurs de Lyon et la voiture de police aux gyrophares allumés ; la séance de peinture du minivan, les paillettes plein les tee-shirts et les cheveux ; Denis et les troncs d'arbres ; le portrait d'un chauffeur polonais et d'un type de la voirie bras dessus bras dessous, assis sur une énorme racine ; Lola et lui, Ludo, en train de s'embrasser, juste avant de se séparer.

Les photographies défilent, ponctuées par les rires de l'assistance ou les clameurs chavirées.

« Quinze ans plus tard, qui l'eût cru ? » dit la dernière vignette du montage préparé par les témoins de la mariée à son insu.

La musique se tait. Puis une salve d'applaudissements nourris retentit dans la grande salle, pleine à craquer d'invités. Amis, familles, tous sont réunis pour leur souhaiter tout le bonheur du monde. Quelqu'un crie: «Longue vie aux amoureux!» Un ami renchérit : «On attend les bébés!» Ce à quoi un cousin éloigné un peu aviné répond à tue-tête : «Patience, c'est pour cette nuit», ravivant la gaieté ambiante.

Ludo contemple le profil absorbé de la femme qui se tient à côté de lui. Dans ses mains, un mouchoir. Elle le porte à ses yeux. Tapote ses paupières au maquillage délavé.

Puis celles de Ludo qui se laisse faire.

— Je t'aime, susurre-t-il en embrassant sa main.

— Je t'aime aussi.

Lola pose la tête sur son épaule. À cet instant, la lumière se tamise. Quelques notes de piano résonnent. L'ouverture du bal.

Lola et Ludo se lèvent et gagnent ensemble le centre de la piste. Là, ils dansent, enlacés, seuls au monde. Peu à peu, des dizaines de couples les rejoignent.

Tout en chaloupant, Ludo adresse un signe de tête à sa femme en direction de l'un des couples, au fond.

Deux sexagénaires élégants.

Son père, sa mère. Denis et Sandrine. Eux aussi enlacés. Eux aussi seuls au monde.

Deux vieux amis à la tendresse jamais démentie.

Deux vieux complices qui, un jour, se sont aimés. Puis se sont quittés.

Deux vieux copains qui se donnent des nouvelles de temps en temps et se remémorent parfois les bons moments du passé. Comme on se plaît à fredonner une chanson qui nous ramène en arrière...

BONUS

LA-SCÈNE-QU'ON-A-FAILLI-METTRE-MAIS-QU'ON-N'A-PAS-MISE-FINALEMENT-DU-COUP-ON-LA-POSE-LÀ-PARCE-QU'ON-L'AIME-BIEN-QUAND-MÊME

— Richard ?

— Mmh ? dit-il sans cesser de jouer sur son téléphone.

Richard ne devait pas mollir s'il voulait atteindre le niveau 458 de *Farmer Factory* avant la fin de la journée. Objectif du jour : augmenter son élevage de canards d'un millier de têtes et construire un hangar pour les chevaux. Richard aimait bien ce petit jeu. La musique country ponctuée de chants d'oiseaux et de cris d'animaux en tout genre le détendait plus sûrement qu'une séance de hammam.

— Les gens de Patacru sont arrivés. Ils attendent sur les fauteuils à l'entrée.

Richard posa son téléphone et leva sur sa secrétaire des yeux inquiets.

— Ils sont nombreux ?

— Quatre. Le fils, son assistante, son *community manager* et son père.

— Son père ? Qu'est-ce qu'il vient faire là ?

— Je crois qu'il voulait saluer Denis.

— Ça va pas être de la tarte..., soupira Richard en lissant sa cravate noire toute fine. Dis-leur que je sors de réunion. Tu n'as qu'à leur proposer un café pour les faire patienter, on gagnera dix minutes.

Sa secrétaire partie, il regarda le parc par la fenêtre. Au bout d'un moment, il composa le 1 sur le téléphone de son bureau. La voix de sa secrétaire grésilla aussitôt dans le combiné.

— Oui, Richard ?

— Dis à Gaëtan et Kevin de nous rejoindre directement en salle de projection. Le vidéoprojecteur est prêt ?

— Tout est bon.

— Merci, à tout de suite.

Il raccrocha. D'un geste fébrile, il consulta la notification qui venait de tinter sur son portable. L'avatar sexy d'une conseillère en développement d'exploitations agricoles l'informait que l'un de ses garçons de ferme s'était blessé en fourrant son bras dans une moissonneuse-batteuse. Résultat, mille dollars en moins sur son compte fictif, pour les frais de santé de son employé tout aussi fictif.

Décidément, dans les jeux comme dans la vie, le personnel sera toujours un problème.

Il se résigna à fourrer son téléphone dans sa poche, se recoiffa rapidement en se contemplant dans le petit miroir devant lui, sortit de son bureau et se hâta d'un pas qu'il s'efforçait de rendre aussi confiant que possible en direction du hall d'accueil.

Ils étaient tous là. Richard leur serra la main.

— Ah, mon p'tit Richard, lança le père Patacru, jovial, en lui tapant sur l'épaule. Je vois que vous avez pris du galon depuis la dernière fois ! Un peu comme mon fils, quoi !

— Papa…

Physiquement, rien n'opposait plus le vieillard affable et son fils. L'un était rond et très petit, quand l'autre était un grand échalas dégingandé. Un M&M's contre un bâton de réglisse.

— J'ai hâte de savoir ce que mon petit Denis nous a concocté cette fois, tonna le père, amusé.

— Je suis confus, Denis ne fait plus partie de notre équipe depuis tout récemment.

— C'est fâcheux, je… enfin mon fils avait pourtant clairement exprimé le désir de collaborer avec ce cher Denis, il me semble.

Le front de Richard se perla de sueur. Ce n'était pas le moment de perdre ses moyens.

— Certes… mais soyez sans crainte, je vais vous présenter deux de nos créatifs junior les plus doués, des jumeaux, vous verrez, ils sont formidables.

Et prétentieux, horripilants, trop gâtés, mal fagotés, mal coiffés. De vrais petits merdeux qui se prennent pour des starlettes.

Richard invita alors l'équipe de Patacru à le suivre en salle de réunion où, sur la grande table, étaient disposés des biscuits vegan au chocolat issu du commerce équitable, des bonbons multicolores, des bouteilles d'eau et des gobelets *eco-friendly*.

Dès qu'ils passèrent la porte, les jumeaux se levèrent de conserve. Ils remontèrent leurs lunettes rondes – rouges pour l'un, vertes pour l'autre – simultanément et s'éclairèrent d'un sourire identique en passant la main dans leur chevelure bouclée. Puis ils se mirent en mouvement. L'un lança la présentation PowerPoint sur l'écran et l'autre commenta.

Tout y passa : la genèse de la marque, l'arrière-grand-mère Patacru qui aimait préparer de la purée pour les mioches d'un quartier pauvre d'Angers, les premières usines, les prémices d'une success-story, les anciens slogans, les images des vieilles publicités.

— Au fait, jeunes gens ! jeta soudain le patron à la retraite sur un ton paternaliste.

— Papa, il est important d'avoir l'historique en tête…

— Je connais l'historique, balaya l'homme. Figure-toi que c'est moi, l'historique. Avec Denis, au moins, on n'avait pas besoin de se retaper la légende pour penser l'avenir. Voilà un type qui en avait…

Richard blêmit. Il fit signe à ses créatifs d'accélérer le mouvement. Contrariés d'avoir été stoppés en pleine représentation, ils se parèrent d'une moue offusquée, agrémentée de joues écarlates qui disaient combien leur indignation était grande.

Pour autant, ils lancèrent directement l'avant-dernière diapositive sur laquelle était écrit, en lettres multicolores : « Et c'est pourquoi nous avons choisi de vous proposer… »

Le fils Patacru redressa le torse tandis que son père posait la main sous son menton en haussant un sourcil. Quant à Richard, il ferma un œil, un seul, comme s'il s'attendait à percuter un arbre. L'attention, tout comme le suspense d'ailleurs, était à son comble.

« Et c'est pourquoi nous avons choisi de vous proposer… »

Une femme vêtue d'un pyjama vert très échancré qui mange de la purée à la cuillère au beau milieu d'un pré. En arrière-plan, des chevaux gambadant, crinière au vent.

Richard se prit la tête entre les mains. Il avait rarement vu visuel plus mauvais.

Il observa en coin la réaction du père Patacru. De même, le *community manager* et l'assistante attendaient de voir la réaction de l'ancien afin de s'y conformer.

Alors que tout le monde biglait vers le père, les jumeaux poursuivaient leur exposé, imperturbables.

— Comme vous pouvez le constater, nous avons choisi d'emmener Patacru dans une direction résolument naturelle. C'est la raison pour laquelle le vert est omniprésent. Le vert, c'est la végétation, la chlorophylle, le…

— Le poireau aussi, coupa le père en se tordant les lèvres et en gonflant des joues qu'il avait déjà bien pleines.

— Le poireau aussi, convint l'un des jumeaux en lorgnant du côté de son frère, perplexe. Mais il y a aussi les chevaux, qui symbolisent la liberté. Et la femme, à fois atout sexy et rassurant. Il faut regarder cette proposition dans son ensemble, faire confiance à l'imagination du consommateur, lui donner ce qu'il veut sans qu'il se sente obligé…

Les jumeaux se turent. La salle de réunion plongea dans un silence quasi total, piqué de temps en temps par la sonnerie assourdie d'un téléphone au loin. Richard déglutit. Ses aisselles collaient sous son impeccable chemise trop cintrée pour être honnête.

Soudain, un éclat de rire transperça la pièce. Un rire tonitruant suivi d'une cascade d'autres rires. Une seconde plus tard, toute l'équipe de Patacru riait à gorge déployée. Tout comme Richard, qui, pour donner le change, s'était mis à rire aussi. Le tout, sous les regards consternés des jumeaux. Puis le rire du père s'évanouit.

Ceux de ses collègues aussi.

Celui de Richard, enfin.

Le père s'éclaircit la gorge.

— Appelez-moi Denis.

— Je regrette. Comme je vous l'ai expliqué, Denis ne fait malheureusement plus part…

— Appelez-moi Denis, répéta le père Patacru sans ciller.

Toute trace de bonhomie avait disparu du visage du vieil homme, si bien que Richard ne put faire autrement que d'extraire le téléphone portable de sa poche.

— Et mettez le haut-parleur, mon petit Richard. Il faut qu'on parle tous ensemble. Je vais vous montrer comment on retient un employé de cette qualité.

Denis. Gnagnagna. Toujours Denis. Denis-ci, Denis-là. Il est fini ton Denis. Une chiffe molle. Un bon à rien. Un has been. Un vase vintage dans un décor industriel. Patacru, tu vas pas être déçu du voyage, se lamentait-il en faisant défiler les contacts de son répertoire.

Conformément aux indications de son interlocuteur, le haut-parleur avait été enclenché. Il n'y eut aucune tonalité. La messagerie, direct.

« Vous êtes bien sur le répondeur de Denis Brun. Je ne suis pas là pour le moment, mais vous pouvez me laisser un message.

Si c'est toi, Sandrine… Sandrine… j'arrive.

Si c'est toi, Richard, je n'ai pas changé d'avis. Patacru mon cul, c'est tout ce que le has been a en stock. Allez, tschüss, *et porte-toi bien. »*

L'annonce se mua en bip. Richard était livide. Cette fois, c'était sûr, Patacru allait prendre ses cliques et ses claques et signer chez la concurrence.

Fils, *community manager* et assistante étaient horrifiés. Leurs yeux roulaient dans les orbites. Quand le père prononça tout à coup :

— Patacru mon cul…

— Papa, c'est inadmissible, je t'avais bien dit que nous devions contacter une autre boîte.

D'un index, son père lui commanda de se taire tandis que, imperturbable, il continuait à psalmodier des « Patacru mon cul », comme s'il y cherchait la réponse à une énigme.

— C'est une idée fabuleuse, explosa-t-il tout à coup.

— Je vous demande pardon ?

— « Patacru, mon cul. » Personne ne nous attend sur le registre de l'humour ! Personne ! Ha ha ha ! Patacru mon cul ! Vous voulez que je vous dise, mon petit Richard ? Ce qui manque à vos louveteaux, c'est le culot. Leurs chevaux avec leur chlorophylle, c'est bon pour faire rêver ma femme. Pas les jeunes !

Patacru, mon cul ! Ha ha ha, sacré Denis. Vous savez s'il est libre actuellement ?

— Euh, non, enfin oui, répondit Richard, abasourdi.

— Ma petite Juliette, dit-il en s'adressant à l'assistante de son fils, prenez ses coordonnées. Nous allons tenter le mercato.

Remerciements

«Je voulais quand même te dire merci,
Pour tout le mal qu'on s'est pas dit»
chantait Patrick Bruel dans sa très belle chanson
J'te l'dis quand même.

Voilà bien longtemps que j'avais envie de parler de séparation. À mes yeux, il n'y a rien de plus poignant que deux êtres qui se sont aimés et qui, un jour, décident de se dire au revoir dans le calme, sans amertume, simplement parce qu'ils sont convaincus que leur bonheur est ailleurs.

Comme la plupart des enfants de parents divorcés, j'ai, petite fille, assisté à des scènes difficiles où la fierté et la souffrance dictaient à mon père et ma mère des paroles assassines. Les assiettes qui volent, les portes qui claquent, les insultes, les cris, les larmes ont laissé des traces douloureuses. Voilà sans doute une des raisons pour lesquelles j'admire ceux qui parviennent à faire autrement, à trouver une autre voie.

Denis et Sandrine ont réussi.

J'espère que leur histoire aura su vous toucher et que vous aurez éprouvé autant de plaisir à la lire que j'en ai pris à vous la raconter.

Si tel est le cas, n'hésitez pas à en parler autour de vous. Denis, Sandrine, mais aussi Lola, Ludo et François ne vivront que grâce à vous.

Que vous me découvriez avec ce texte, ou que vous me suiviez depuis quelque temps, je suis ravie de vous compter parmi mes lecteurs.

Je remercie chaleureusement tous ceux qui, roman après roman, m'offrent leur indéfectible soutien. Je pense à monsieur Minou, à Lili chérie, à Claudie-la-fée, à Lilas mon merveilleux agent, à la fabuleuse équipe des éditions Charleston, à tous ces blogueurs enthousiastes trop nombreux pour être mentionnés (ne m'en voulez pas, vous êtes dans mon cœur), à mes collègues de plume devenues des amies, à mes lecteurs, dont la bienveillance et la gentillesse me chamboulent.

L'aventure que vous m'offrez est un cadeau merveilleux.

C'est d'ailleurs pour moi une grande joie que d'échanger avec vous. Vous n'imaginez pas à quel point les messages que je reçois me touchent. Il n'y a rien de tel que de savoir qu'un texte, un personnage, a résonné en vous. Aussi, si vous avez envie de m'envoyer un petit mot, vous pouvez m'écrire *via* Facebook, Twitter ou Instagram, ou, encore, à :

charliewat.auteur@gmail.com

Je ne suis pas toujours très rapide, mais je promets de répondre :)

En attendant, je nous donne rendez-vous très bientôt, pour de nouvelles histoires !

PRIX DES LECTRICES

Ce roman fait partie de notre sélection

Prix des lectrices Charleston 2021

Retrouvez tout au long de l'année 6 romans au format poche, choisis avec soin par les éditions Charleston pour vous faire voyager, réfléchir ou rêver…

Un jury de choc, composé de nos plus fidèles lectrices, désignera le grand vainqueur à l'automne 2021.

Bonne lecture !

SÉLECTION
PRIX
DES
LECTRICES
CHARLESTON